Pik Botha

KORTVERHALE

J.L. van Schaik

Uitgegee deur J.L. van Schaik Uitgewers,
Arcadiastraat 1064, Hatfield, Pretoria

Eerste uitgawe 1997

ISBN 0 627 02295 2

Bandontwerp deur Eddie Fullard
Geset in 10/12.5 Century Old Style deur Book Productions, Pretoria
Gedruk en gebind deur Sigma Press, Pretoria

INHOUD

'n Pikante vergissing

„Presies hoe dun en hoe fyn die dun, fyn lyn tussen waarheid en verdigsel is, kom elke joernalis wel vroeër of later agter. Min leer die les egter op so 'n onvergeetlike manier as 'n ontluikende jong skrywer van die jare vyftig – ene Pik Botha.

„Van Junie 1954 tot Augustus 1956 het 21 kortverhale uit sy pen in die destydse *Byvoegsel* (gewilde naweekbylae tot Nasionale Pers se dagblaaie) en *Die Huisgenoot* verskyn – gemiddeld amper een per maand.

In een wat nie verskyn het nie, het hy die Russiese leier Stalin 'n hartoorplanting laat ondergaan. Dit was in 1954. En eers dertien jaar later, in 1967, het die verbeeldingsvlug van hom werklikheid geword toe 'n ander voorste Suid-Afrikaner, prof. Chris Barnard, in die Groote Schuur-hospitaal in Kaapstad, Louis Washkansky se siek ou hart uitgeslag en deur die springlewendige hart van 'n jong ongelukslagoffer, Denise Darvall, vervang het.

Die verhaal waarna hier verwys word, was min. Botha se heel eerste poging, „Die waarde van 'n hart", wat *Die Byvoegsel* daardie tyd nie wou publiseer nie omdat die redakteur geoordeel het dit is ‚darem te fantasties en onwerklik'."

Uit **Scoops en skandes** deur Hennie van Deventer.

(*Die waarde van 'n hart* is die enigste verhaal van Pik Botha wat ooit vir publikasie afgekeur is).

VOORWOORD

'n Verhaal oor Pik se verhale

In die jare 1954 tot 1956 het die mense van ons land nog in die Unie van Suid-Afrika gewoon.

Die Tweede Wêreldoorlog was nog vars in die geheue – dit het tog skaars 'n dekade tevore geëindig. Veral die jong mans van die vyftigerjare het dit goed onthou. Wat hulle politiek en wêreldbeskouing ook al was – namate die teenkanting teen Suid-Afrikaanse deelname in die oorlog afgeslyt het, kon hulle hulle mettertyd vereenselwig met die "Springbokke", soos die soldate van die Suid-Afrikaanse divisies genoem is wat deelgeneem het aan die veldslae in Noord-Afrika: Sidi Resegh, Tobruk, El Alamein, en daarna saam met die Britse Agtste leër Italië binnegeval het. Vir jong Afrikaanse lesers kon Uys Krige, bekende en geliefde Afrikaanse Dertigerdigter wat oorlogskorrespondent in Egipte geword het, die ervarings nader bring in sy sketse (*Ver in die wêreld*, 1951) en sy oorlogsverse (*Die soldaat, Die pad deur die woestyn*).

Dit was die tyd van die Koue Oorlog, toe spioenasieverhale in die Weste gemaklik die vyand agter die Ystergordyn kon lokaliseer, toe die Suid-Afrikaanse Kommunistiese Party tot onwettige organisasie verklaar en die Russiese konsulaat in Pretoria gesluit is. Dit was ook die tyd van disintegrasie van die kolonialisme, toe die beleg en oorgawe van Diën-Biën-Phu op 8 Mei 1954 die einde van Frankryk se heerskappy in Indo-China beteken het. Ook oor Afrika was die winde van verandering aan die opsteek, maar Portugal het nog in Mosambiek geregeer en Maputo was nog Lourenço Marques.

In Pretoria het die Reserwebank-gebou nog aan die oostekant van Kerkplein gestaan, waar die bus na Arcadia, Hatfield en Colbyn ooswaarts in die lang, lang Kerkstraat vertrek het. Ná Leydsstraat sou die reisiger die Uniegebou op linkerhand teen die suidelike hang van Meintjeskop sien, waar Pik Botha toe gewerk het, en 'n paar blokke verder, op regterhand tussen Johann- en Beckettstraat, Victory Court, waar Pik Botha gewoon het.

Pik het in Februarie 1953 as kadet-diplomaat in die Departement van Buitelandse Sake begin werk.

Daarby was hy besig om as buitemuurse student aan die Universiteit van Pretoria vir die LL.B-graad te studeer. Ook in 1953 is hy en Helena (Bosman) getroud; die woonstel op die grondvlak van Victory Court was hul eerste woonplek. Op die klein stoepie daarvan, met diefwering toegemaak, het hy vir hom 'n studeer- en werkplek ingerig, met 'n lessenaar van kissies en kasplanke aanmekaargeprakseer.

Hy was deel van 'n buitengewoon woordvaardige gesin: sy oom Pieter (P.W.) Botha, sy Afrikaans-onderwyser aan die Hoër Volkskool Potchefstroom, het die eerste Afrikaanse hoorspel vir uitsending deur die SAUK, *Witwatersberg*, geskryf, en ook een van die vroegste jeugromans in Afrikaans, *Joggie,* van 1934. Sy oom van moederskant, Ben J. Dreyer, se digbundel *Liefdesliedjies en kinderbietjies* het in 1931 by die uitgewer J.L. van Schaik in Pretoria verskyn. Van sy Ouboet het daar tussen 1958 en 1962 heelwat gedigte in die literêre tydskrif *Standpunte* verskyn. Kas van den Bergh was 'n neef. Pa Botha het, veral in sy later jare, alle belangrike familiegeleenthede met 'n vers gevier.

Pik het dus ook geskryf – verse, verhale –

by sy kasplanklessenaar in Victory Court. En tussen werk en studies (naas die regte ook voorbereiding vir die departementele diplomatieke eksamens wat hy as kadet moes aflê) het die verhale opgeskiet, 'n hele gerf daarvan: tussen Junie 1954 en November 1956 is meer as 20 gepubliseer. Hy het, jonk soos hy was, ryk ervaringsbronne geken. Die gesin het gestam uit die vroeë pioniers van die ou Transvaal, gevoed uit die boerelewe, lief vir die veld, jagters van kleins af. 'n Mens merk dit uit die name wat, soos Uys Krige sê, "skielik sing" in sy verhale: Pilanesberg, Makoppa. Hy was in sy voorgraadse jare 'n woelige, gewilde student: Intervarsity-sangleier, wat gedurende vakansies sakgeld verdien het as kelner, onder andere op die passasierstrein tussen Johannesburg en Lourenço Marques. En al is daar, soos dit altyd heet in fiksie se skadeloosstellings, geen verband tussen die karakters in sy verhale en mense lewend of dood nie, duik name uit sy vriendekring steeds in sy stories op: Ben Liebenberg, Madeleine Hechter, Henda du Toit, Gerhard Kemp. Dit is inderdaad kensketsend van hierdie verhale as Dirk Kamfer, verhaleredakteur van *Die Huisgenoot*, in 'n brief aan Pik opmerk dat "Geld is rond" in die smaak sal val weens "die toespelinge daarin op die tydgenootlike".

Maar wat 'n mens lees maak ook ten diepste deel uit van jou lewenservaring. Die groot kiaathoutboekrak met sy glasdeure in die voorkamer tuis het die Afrikaanse boekversameling eie aan 'n onderwyserswoning van weleer bevat: die *Versamelde werke* van J.H.H. de Waal en C.J. Langenhoven, die publikasies van die Nasionale Pers met sy leuse "Het daghet overal" tot hartsverblyding voorin, van J.L. van Schaik, Voortrekkerpers, die Afrikaanse Pers – die Afrikaanse onderwysersgesinne van die dertigerjare was onwrikbaar lojale verbruikers van Afrikaanse leesstof. En in die vyftigerjare sou 'n jong student daarby P.C. Wren se verhale oor die Franse Vreemdelinglegioen geken het: *Beau Geste* en *Soldiers of misfortune*; die ontnugterende wêreldwysheid van Somerset Maugham, O. Henry se grimmig-humoristiese manipulasie van die toeval in sy meesterlike kortverhale.

Daar was in die vyftigerjare 'n hele paar algemene Afrikaanse tydskrifte waar Pik sy verhale kon voorlê, maar hoewel enkeles verskyn het in 'n nuutgestigte populêre tydskrif van Voortrekkerpers, *Avontuur en Liefde*, het hy in die meeste gevalle *Die Huisgenoot* en *Die Byvoegsel* (tot *Die Burger*) verkies.

In dié jare het *Die Huisgenoot* 'n soort oorgangstydperk beleef. Die "goue jare" van sy beroemde redakteur Markus Viljoen was verby, maar J.J. Spies, redakteur van 1950 tot 1959, het nog gestrewe om die standaarde van daardie goue jare te handhaaf; ten spyte van enorme druk om daarvan 'n tydskrif na die smaak van die massa te maak, het dit nog 'n stem in die literêre sake behou. Met die totstandkoming van *Die Byvoegsel* in 1947 het dié publikasie ook bygedra tot die skep en instandhou van 'n leeskultuur; daar was in die vyftigerjare onder andere 'n boekerubriek van gehalte in, behartig deur Schalk van der Merwe.

'n Rede vir Pik se lojaliteit aan hierdie twee publikasies sou 'n mens ook kon aflees uit die briewe wat hy bewaar het van die verhaleredakteurs: Frans van Zyl en Gawie Theron van *Die Byvoegsel*, Dirk Kamfer en W.A. Boonzaaier van *Die Huisgenoot*. Hulle het aangemoedig, wenke gegee, gekla as Pik na hul sin te lank stil bly – kortom, steeds 'n sorgsaamheid getoon oor sy talent en sy medewerking. W.A. Boonzaaier het byvoorbeeld in sy brief van 30 September 1955 vir Pik bedank vir "die gawe speurverhaal wat ek nou klaar gelees het. As dit 'n kortverhaal was, sou ons u die maandelikse prys daarvoor toegeken het. Maar ons las die £5 maar by die gewone betaling. Ook nie om dowe neute nie, want ek vra u sommer nou of u nie nog sulke verhale kan skryf nie. Dit besit alles wat goed is." Daar was soms, soos by Dirk Kamfer, 'n voelbare emosionele betrokkenheid, soos wanneer hy oor Pik se verhaal *Twaalf jaar* skryf: "Dis 'n treffende vertelling wat byna tasbare pyn veroorsaak … Maar. U kan 'n man nie só straf, onskuldig, nie en hom dan … onder in die kuil laat nie …" Die slot, voel hy, moet uitgebou word, daar moet berusting, aanvaarding kom. Dan voeg hy tussen hakies daaraan toe: "Die Duitsers praat mos van Lebensbejahung." Pynlike, pynlike woorde, vir hulle wat Dirk Kamfer se sterwe onthou, en dat hy, soos vertel word, teen die einde gesê het: "Los my, ek wil nie meer lewe nie."

Soos 'n mens kan aflees uit die verhaal *Swaartekrag* wat op 24 November 1956 in *Die Byvoegsel* verskyn het, en wat afspeel in Tivoli, die groot vermaaklikheidspark in Stockholm, het Pik Botha se wêreld in die tweede helfte van dié jaar van Pretoria na Stockholm verskuif: sy eerste buitelandse uitplasing. Hy is 'n paar jaar later van Stockholm na Duitsland verplaas, en keer eers in 1963 terug na Pretoria, waar hy sy woning maak aan die noordelike hang van die Magaliesberg, en deur die Departement van Buitelandse Sake aan die Suidwes-Afrika-lessenaar toegewys is. Die Unie van Suid-Afrika het inmiddels die Republiek van Suid-Afrika geword. Van 1963 tot 1966 maak Pik deel uit van die regspan wat Suid-Afrika se saak ten opsigte van sy bestuur van Suidwes-Afrika voor die Wêreldhof in Den Haag teen Ethiopië en Liberië suksesvol verdedig.

Aan sy skryftalent is toe nuwe eise gestel: omvangryke verslae en amptelike publikasies het sy verantwoordelikheid geword – *South West Africa Survey*, 1967; *Owambo*, 1971, *Aanklag en verweer in die Suidwes-Afrika-saak voor die Wêreldhof*, 1974; *South West Africa Survey*, 1974, om maar enkele van die gepubliseerdes te noem. Pik het begin skryf aan 'n groter, omvattende verhaal: die verhaal van Suid-Afrika soos dit ontvou het deur die meer as vier dekades van sy diens aan die land as beroepsdiplomaat, as ambassadeur en, ten tye van sy uittrede, as langsdienende Minister van Buitelandse Sake in die wêreld.

Hierdie "verhaal" het op sy hele menswees beslag gelê. Hy het, ten spyte van Suid-Afrika se groeiende isolasie, sy eie noue persoonlike verbintenisse opgebou met leiers die wêreld oor, vanuit sy aard: ook Afrikaleiers. Hy moes soms 'n duur prys betaal vir sy lewensbeskouings, sy insigte, sy visie (onder andere: met sy voorspelling in 1986 dat die land 'n swart president sal hê, en dat hy gewillig sal wees om onder dié president te dien). Hy was die dryfkrag in die proses wat gelei het tot Namibië se onafhanklikheid, die onttrekking van die Kubaanse magte uit Angola, prosesse wat die weg gebaan het vir die dramatiese gebeure in Suid-Afrika na die vrylating van Nelson Mandela.

'n Mens mag vermoed dat hierdie deurleefde verhaal in die jare wat kom herskep sal word en sal vertak – in nog méér van Pik se verhale.

Elize Botha
Pretoria, Maart 1997

Die doodgewone manier

„Ou Frik, dink jy wragtie dis nie so nie? Sê my, jy glo nie dis soos Ben altyd sê dit sal wees nie ...?" Gerhard het sweetdruppels op sy voorkop gehad toe hy hierdie vraag aan my vra. Hy was bang en ek het geweet dat ek hom moes antwoord soos een wat seker is van die waarheid, want dit is wat hy wou weet – die waarheid!

En tog sou ek moes lieg as ek daardie indruk wou skep, want wie het geweet wat nog waar is en wat nie? – ek bedoel die waarheid omtrent die dood. Geen soldaat ken dit nie. Daar is so baie teorieë oor die dood; en tog, miskien is dit soos Ben altyd sê: „... Die doodgewone manier, vrinne, die doodgewone manier, soos 'n hond en 'n kat, 'n vis en 'n olifant; soos hulle sal ons almal gaan. Waarom sal ons anders doodgaan?"

Dis hierdie woorde van Ben en die oortuiging waarmee hy hulle uitgespreek het, wat vir Gerhard die vraag laat vra het. Ek het self gevoel hoe twee sweetstroompies onder my arms afloop toe ek vir Gerhard halfhartig probeer verseker dat dit nie so is nie, nie so doodgewoon soos Ben altyd sê nie. Maar ek het geweet dat ek nie so seker was hiervan nie en ek het ook maar getwyfel, nes Gerhard.

Ons was vier – Ben, Gerhard, Charl en ek. Ons het mekaar verstaan. Soos alle rekrute het ons gefilosofeer oor die dood op die slagveld. Dit was egter voor ons eerste werklike vuurdoop. Daarna was ons nie meer so manhaftig omtrent dié soort van „heldedood" nie. As jy tussen die dooies slaap en eet, is jy geneig om naderhand te glo dat alle lewe op die gewone manier eindig, soos Ben altyd sê ...

Gerhard was die „mees geestelike" onder ons, die digter, die martelaar en die eensame. Hy moes nooit hier gewees het nie.

Ná die slag by Bardia het hy nooit meer gedig nie. „My Muse het my verlaat," was al wat hy gesê het. Maar ons het geweet dat daar nog roersele in hom was, net die vermoë om dit neer te skryf, het doodgegaan. Miskien was dit omdat so baie lewens voor sy oë vernietig is dat hy nie die sin van die skepping langer ingesien het nie.

Dan was daar Charl. Hy het nooit baie gesê nie, net altyd flou geglimlag en met almal saamgestem. Tog het ek geweet dat hy sy eie gedagtes gehad het en ons s'n gerespekteer het. Charl was die fatalis. Lewe en dood, het hy geglo, was vooruit bestem. Dit het hom nooit gehinder nie en ek het hom dikwels beny.

Ben was die realis. Vir hom was niks meer groot nie, want as jy naby die dood leef, word alles so klein, so minder belangrik, so doodgewoon.

En ek ... nou ja, ek was getroud en dit was genoeg.

Dit was ons vier. Saam op skool waar ons merkwaardigste prestasie was dat ons omtrent altyd saam slae gekry het en darem ook altyd saam geslaag het – van standerd tot standerd. Toe universiteit toe en saam gestudeer. Gerhard in drama, Charl in die sielkunde, Ben in landbou en ek, regte.

En nou was ons weer saam, in 'n loopgraaf, en soos ou Ben altyd gesê het: ons sal ook saam doodgaan. Maar ons moes nie iets groots verwag nie, dit sal sommer so doodgewoon wees ...

Gerhard se vraag het in my kop bly maal. Ek was eienaardig bang vannag. Dit was nie donker nie. Daar was 'n maan; vormloos en in die middel deurgebreek het dit bokant die woestyn gehang soos 'n stukkende albaster op die verlate speelgrond van ons ou plaasskooltjie.

Ek het aan my vrou probeer dink, maar dit het niks gehelp nie. In my was geen behoefte wat sy sou kon bevredig nie. My vraag was die vraag wat elke mens self moet beantwoord, en ek kon nie.

Soos 'n moeë nagreisiger wat kort-kort iets in die pad voor hom gewaar, sien ek ook allerhande goed. Dan is dit 'n groot swart tenk wat op ons afpyl en die volgende oomblik weer 'n voetsoldaat met glimmende bajonet reguit na jou bors gemik.

Dis so lank nou al – die wag, die spanning en die hoop ...

„Ou Frik, waaraan dink jy, ou man? Jy weet dis nie goed vir die hart nie." Dis Charl se fluisterstem. „As ons moet gaan, moet ons gaan, ou vrind; niks en niemand sal dit keer nie."

„Dink jy so, ou Charlie, dink jy wragtig so?" kom dit weer van Gerhard. Dan weer stilte, 'n morbiede stilte wat jou afsonder met net die sterre bokant jou en die nag wat nie donker genoeg is om jou toe te maak nie.

Die eerste bomme het van vliegtuie gekom, uit die hemel neergebars op ons. Eers die lang, knaende gefluit-suis deur die lug, en dan eindelik die rukkende slag van die ontploffing. Maar dit was welkom, enigiets was welkom nadat ons tien dae in die loopgraaf gelê en wag het op niks.

Gerhard het hom styf teen my aangedruk. Die reuk van die dood was in die verstikkende sandstof. Die gefluit van die bomme het in 'n helse koor ontaard. Gerhard se vingers het na my hand gesoek. Toe ek sy hand vasvat, voel ek hoe sy greep meteens verslap ... sy kop het op my skouer neergeval en behalwe die koue, nat sweet was daar ook bloed op sy voorkop; warm bloed, wat deur die dood uit hom getap is ...

Ek het oorgeskuif tot teen Charl en Ben. Ek kon dit nie sê nie, want 'n bolbliksem met sy donderslag het my stem gesmoor. Ek kan net onthou dat Charl flou geglimlag het toe die bomskerf skeiding tussen sy twee oë gebring het.

Dit was amper dagbreek toe die laaste eskader Stukas se vreesaanjaende alarms vir die soveelste keer oor ons losgetrek word. Ek onthou dit baie goed, want toe die bomme bars, het Ben sy laaste woorde gesê:

„Ou Frik, ek ... ek was altyd verkeerd, man, dit ... dit gebeur nie soos ek gesê het nie ... nie so ... doodgewoon nie ..."

Gerhard se vraag was beantwoord.

Die Huisgenoot

TELEFOON: 3-4831
TELEGRAMADRES:
„HUISGENOOT"

POSBUS xx1802,
KAAPSTAD

DJK/RK

1 Julie 1954.

Mnr. R.F. Botha,
Departement van Buitelandse Sake,
Uniegebou,
PRETORIA.

Geagte mnr. Botha,

i/s: GOED WAT GOU VERKRY IS.

Dankie vir die verhaal wat u voorgelê het. Met die oog op die toespelinge daarin op die tydgenootlike -- soos die „July", W.P.-rugby, ens. -- sal hy nogal in die smaak val, meen ons. Ons gebruik die bydrae graag en stuur u vergoeding per tjek aan.

Ek dink ons moet die naam effe verkort. My voorstel is: „GELD IS ROND".

Die verhaal sal 'n ruk op plaasruimte moet wag.

Die uwe,

NAMENS REDAKTEUR.

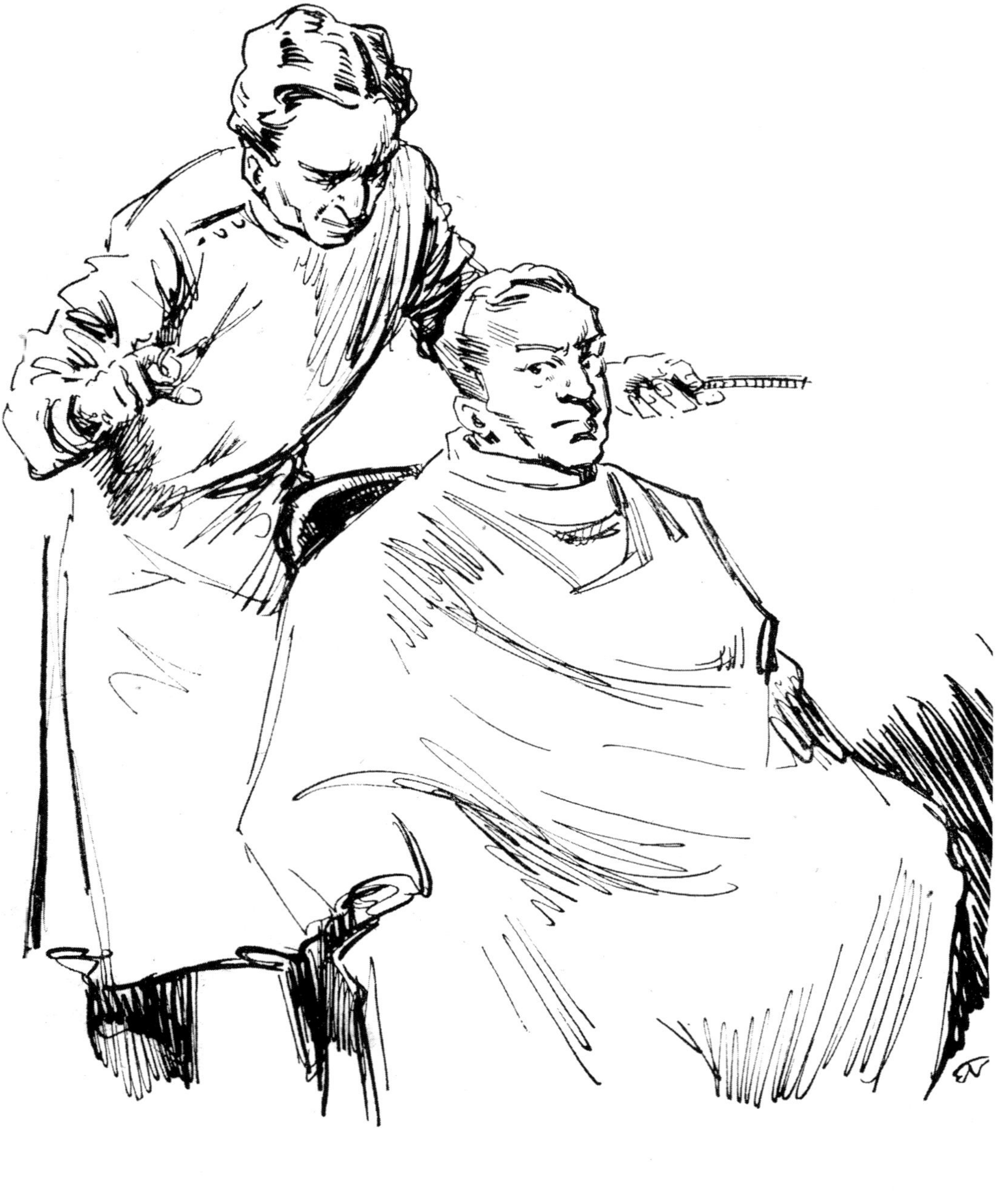

Geld is rond

As staatsamptenaar (en getroud ook nog daarby) moes ek my ontspanning en plesier altyd sorgvuldig kies om te kon pas by die fooitjie wat ek maandeliks van die staat ontvang het as erkenning vir my dienste. En wanneer die skoonfamilie die maand kom kuier en die slagtersrekening met vyf pond vermeerder het, was ek altyd gewillig om die daaropvolgende maand sonder 'n koerant op kantoor op te daag en om nie na die nuwe cowboyfliek te gaan kyk nie. Ja, selfs Saterdae sou my ou plekkie op die grondwal agter die rugbypale leeg wees totdat die skade ingehaal is.

Maar daar was een ding waarvan niks my ooit sou weghou nie, selfs nie die onmenslike aanslag van die Ontvanger van Inkomste nie, en dit was – 'n mallemeule! Vir my was dit 'n beginselsaak om te gaan en so ver terug as wat ek kan onthou, was daar nooit 'n vermaaklikheid wat vir my groter aantrekkingskrag ingehou het as die veelkleurige liggies, die rondjakker op allerhande rytuie en die karnavalatmosfeer wat 'n mens by 'n mallemeule aantref nie.

Toe een van my kantoorkollegas dan ook die môre vir my sê dat daar weer 'n „mêrrieground" in die stad aangekom het, het ek dadelik besluit om nog dieselfde aand soontoe te gaan.

Omdat ek myself en sommige van my swakhede geken het, het ek net een pond saamgeneem.

Die eerste op my lys was die poppe wat jy met balle moet probeer omgooi, maar die balle was soos altyd te lig om sekuur te gooi. Hierna was dit die eende wat jy voer, maar ook hier kon ek nie slaag nie. Toe ek nog net mooi 'n sikspens oorgehad het, het ek my skrede tot die dobbelspeletjies gewend.

Daar was twee soorte. Op die een tafel was ronde holtes met verskillende kleure: wit, blou en rooi. Een van die omstanders rol dan 'n bal, en as jou geld op dieselfde kleur verwed is as dié van die holte waarin die bal gaan lê, kry jy dit dubbel terug. Die ander tafel was ingedeel in hokkies met nommers, van een tot sewe. Jy rol dan twee balle wat in twee van die hokkies gaan lê. Die totaal van die twee nommers op die hokkies waarin die balle gaan lê, kan minder as sewe wees, presies sewe of meer as sewe. As jy op minder of meer as sewe jou geld verwed het, word jy dubbel terugbetaal. As sewe jou nommer was, kry jy jou geld sewe maal terug.

***

Ek het hierdie tafel gekies en my sikspens op sewe gesit. Die balle het uittartend rondgerol oor die hokkies, toe gaan lê die een op drie en die ander een op vier. Dit was 'n reusegevoel! Ek het my drie sjielings en 'n sikspens afgehaal. Veertien keer opeenvolgend het die balle 'n totaal van minder as sewe aangegee en toe sewe keer 'n totaal van meer as sewe. Ek het my drie-en-'n-sikspens op agt geplaas en dit kon eenvoudig nie anders nie, dit het sewe sjielings geword.

'n Stemmetjie binne-in my het waarskuwend gepraat. Voor die volgende beurt het ek my geld afgehaal en na die ander tafel gegaan.

Langs my het 'n pragtige meisie gestaan met waswit hare en 'n bloedrooi serp om haar nek. Haar hare was kunsmatig wit gekleur, en ek besluit toe om die kleur van die serp te kies. Ek het my veertien sjielings opgetel en teruggegaan na die eerste tafel. Nommer sewe het soos 'n lig uitgestaan. Ek kon net nie verloor nie.

Toe ek met sluitingstyd daardie aand huis toe gaan, was ek £125 ryker. Ek het vyf pond vir my vrou gegee en van die res doodstil gebly.

Die „July" was op hande en ek was in die „stroom" vasgevang. Dit was lekker om in die stroom te wees. Ek het elke dag die koerante dopgehou en die eerste keer in my lewe na die radioverslae oor die weddenskappe geluister. Maar ek kon nie besluit op watter perd om te wed nie, en ek wou my nie steur aan die honderde „tips" wat voor die July die rondte doen nie. Die dag voor die groot dag was my £120 nog in my sak en nog geen perd het aan my verskyn nie. Geen twee koerante het dieselfde keuse gehad nie, maar dit was redelik duidelik dat een van drie perde moes wen: Fireball, Maid-o'-the-Morning en Perhaps was die gunstelinge, vier teen vyf. Nie juis baie om te wen nie.

***

Die middag het ek besluit dat ek tog een van die drie sou kies, en as ek nie self kon besluit nie, sou ek 'n pennie opgooi en die lot die kans gee.

Maar dit was nie nodig nie. Die lot het nie van 'n pennie gebruik gemaak nie, maar van 'n haarkapper.

Ek was op pad om my besluit te gaan uitvoer, toe dit my byval dat my hare, as gevolg van my voltydse belangstelling in die perde, baie lank geword het. In die salon was daar natuurlik net een onderwerp waaroor daar gesels is. Ek het my afsydig gehou want ek wou nie verdere argumente vir en teen my voorgenome keuses aanhoor nie. Dit was net voordat die haarkapper die wit doek om my nek afhaal dat hy baie oortuig vir my sê:

„Jy weet, Meneer, almal praat nou so van hierdie perd en daardie perd, maar ek sê nou vir jou daar is net een wat gaan wen en dit is Farewell."

Weer een van daardie soort mense wat daarvan hou om uit pas te wees, dink ek by myself! Van die vyftien perde wat gaan hardloop, is Farewell seker die onbekendste en in elk geval die swakste – volgens die weddenskappe, altans. Ek probeer nietemin belangstellend lyk, want as jy perde speel, moet jy nooit 'n ander se keuse sommer net uitlag nie.

„En wat laat jou so dink – ek bedoel, het jy 'n tip gekry?" vra ek gemaak-ernstig.

„'n Tip Meneer, vra jy, 'n tip! Ek gee nie tips nie, ek sê wat gaan gebeur. Die mense lag almal vir my, Meneer, want Farewell is 'n buiteperd! Maar ek het al my geld op haar gestoot en as ek duisend pond gehad het, sou ek dit ook op haar gestoot het. Ja-nee, Meneer, die mense lag vir my, maar ek weet ..."

Daar is 'n uitdrukking van absolute oortuiging op sy gesig wat my tref. Dan buk die man af en fluister asof hy bang is dat die ander mans in die salon hom sal hoor:

„Dis in ons familie, Meneer, oorle Pa was ook so, jy weet – met die helmet gebore."

Ek wou my nie verder aan die kêrel steur nie, maar toe ek by die klub kom, pak 'n teisterende twyfel my beet. En toe meteens, net soos daardie aand by die mallemeule, verskyn die naam Farewell in my gedagtes soos 'n ster teen die nag.

Ek dink nie twee maal nie. Buiteperd of nie, my £120 gaan ek op Farewell sit. Weddenskappe 20 teen 1.

Ek het nie eens geweet dat W.P. en Noord-Transvaal dié Saterdagmiddag teen mekaar sou speel nie. Ek het daardie aand ook geen belang by die uitslag gehad nie, want die nuus is die middag vroeg reeds uitgesaai: Farewell het met 'n kakebeen gewen!

Die Gold Cup-wedren sou 'n maand later op Greyville plaasvind. Daar was by my nie die minste gedagte om op te hou nie. Ek moes nog meer kry, altyd meer, tot waar ek nie meer sou kon optel nie.

***

Ek het weer na my haarkapperheld toe gegaan, maar hy was nie meer daar nie – het sy eie winkel êrens in Johannesburg gaan begin. Dit was 'n groot slag. Ek het begin twyfel. Vir £2400 sou ek vier jaar lank moes werk. Dit was 'n groot bedrag om meteens te verloor.

Maar ek het aanhou glo dat ek 'n sein sou kry. Dit was weer die dag voor die groot dag.

Op pad huis toe dié middag loop ek by 'n klompie seuntjies verby wat cowboys en crooks speel. Die cowboys was sewe in getal.

Dit was eers toe ek by die huis kom en ek die plekke wat die perde getrek het, hoor dat die nommer „sewe" vir my meteens nuwe betekenis gekry het. Die naam van die perd het nie meer saak gemaak nie. Ek het die volgende môre £2400 op *nommer sewe* verwed. Die perd se naam, het ek terloops opgemerk, was Gambler's Luck. 'n Buiteperd, 15 teen 1.

Daardie aand het ek £36 000 in my sak gehad en behalwe dat ek besluit het om nie veel langer vir die staat te werk nie, het ek nie lus gehad om te dink of te voel of enigiets te beplan nie. Goed wat gou verkry is, maak so met 'n mens. Jy is oorbluf en almal kan gewoonlik sien dat daar iets met jou gebeur het. „Niks gewoond nie," sê die mense, maar ek het nie omgegee hoe ek lyk of wat die mense sê nie. Die „stroom" was nie meer daar nie. Ek was tevrede en het geen behoefte gehad om ooit weer 'n pennie te verwed nie.

Dit het 'n maand se wik en weeg gekos voordat ek besluit het om die geld in 'n huurkoopfinansieringsmaatskappy te belê. Hulle het die beste dividende betaal. Of dit die veiligste belegging was, het my nie gehinder nie.

Voorlopig sou ek maar aanbly in die staatsdiens totdat die tyd my leer vir watter rigting van die sakelewe ek uitgeknip was. My vrou het intussen al besluit dat sy 'n verdiepinghuis met 'n swart leiklipdak wil hê. Die lewe het 'n nuwe aanskyn begin kry. Daar was meteens so baie om te begeer.

***

Die eerste daadwerklike stap ooreenkomstig my nuwe status het ek eers in Oktober gedoen toe ek vir my 'n groot, groen luuksemotor aangeskaf het. My ou tjor sou voorlopig as deposito dien totdat ek reëlings getref het by my beleggingsmaatskappy vir die betaal van die motor.

Die besturende direkteur van die maatskappy was die dag 'n bietjie besig en het gevra of ek hom nie net tot ná die naweek kans kon gee om 'n paar dringende sake af te handel nie. Hy was soos altyd baie vriendelik en vra my toe ook of ek nie weer ietsie op die Spring Handicap gaan waag nie. Maar ek het hom verseker dat ek klaar was met perdewedrenne en dat ek hom nie eens 'n wenk kon gee nie. As hy egter iets wil waag en daar is 'n perd met die naam Farewell, kan hy maar gerus probeer!

Maar dié keer het Farewell niks gewen nie. Die nuus was groot op die Sondagkoerante se voorblaaie, nie soseer omdat Farewell verloor het nie, maar omdat *„mnr. Dudley Steinman, besturende direkteur van 'n bekende finansieringsmaatskappy, onmiddellik na afloop van die wedren op Turffontein gistermiddag homself met 'n pistool in die kop geskiet het. Daar word vermoed dat hy al die beleggingsgeld van sy kliënte op Farewell verwed het".*

REDAKSIE

POSBUS 692
TELEFOON 2-9381

TELEGRAMADRES
„DRUKPERS"

Die Burger

Kaapstad

13 Augustus 1954.

Geagte mnr. Botha,

dis nie om die verhaal terug te stuur nie, maar net om n paar wenke aan die hand te doen. Dis heeltemal n bruikbare storietjie, maar ek meen u kan veel meer daarvan maak.

U sal merk dat ek n paar deeltjies uitgesny het. Dis, uit die leser se oogpunt gesien, heeltemal onnodig. Waar u die eerste keer van die sangeres melding maak, beloof u die leser onregstreeks dat daar nog meer van haar sal kom. U moet dus oppas dat u nie die spoor toegooi met fynere besonderhede van die oorlog en so meer nie. Vir die leser is dit nie van belang nie. Hy wil net die spoor hê en die ontknoping waartoe dit lei.

Daarom dat ek met die pen ingespring het en n aanduiding gegee het van wat ek as onnodig beskou. Verstaan my mooi: soos die verhaal nou is, sal ons hom gebruik, mits u genoeë neem met die dele wat die pen weggevreet het.

Die rede waarom ek die verhaal terugstuur, is, soos ek gesê het, omdat daar meer van gemaak kan word. U kan gerus iets meer van die ontmoeting daar in die bouval vertel. Dit lyk my van die onpeilbare soort---laat sy dus maar so optree ook. Laat haar so n bietjie gesels, wat. As sy dan n sangeres van faam is, kan sy maar n bietjie van haar stryd of sukses vertel. Dit hoef nie te lank te wees nie---net so dat die leser darem voel hy het nie verniet al die pad gelees nie. U sal begryp wat ek bedoel.

REDAKSIE

POSBUS 692
TELEFOON 2-9381

TELEGRAMADRES
„DRUKPERS"

Die Burger

Kaapstad

........................19......

En as u nie lus voel om nog met die stowwerig romanse te worstel nie, laat hom maar weer kom. Die pad vorentoe sal hy wel haal.

Terloops, ek is nie meer by Die Byvoegsel nie, maar terug by Die Burger, en wel op nagdiens...hier waar die koerant gemaak word. Hier werk n man teen die horlosie...n ewige stryd, met die polsslag naby jou.

Maar ek help nog die redakteur van Die Byvoegsel, mnr. Theron, so tussen die lyne deur met die keuring van kortverhale. U xxx is dus darem nie heeltemal buite orde nie. Laat hulle maar kom.

Verskoon tog maar die baie tikfoute. Dis Vrydagaand en as ek vir n tikster moet wag, word dit Maandag...en dan's dit môre, en dis aand, n nuwe dag en nog n week verby. Daarom vat ek maar die kort-pad.

Alles van die beste en sterkte. Dis mos amper weer tyd dat die Jakarandas die blou rok moet aantrek!

Wederom,

La Golondrina

„Met die volgende slag van die ghong sal dit presies vyftien minute voor twaalf wees op alle Rodias-horlosies ...

„Gaan u op reis deur die Karoo? Dan sal Zenith X-dertien-petrol die lang teerpad soos 'n swart rivier onder u verby laat gly!"

Selfbejammerend kyk ek na die dik pak lesings voor my. Ek sal dit nog vanaand moet deurwerk as ek môre eksamen wil skryf. Dis moeilik om te studeer nadat 'n mens in die oorlog was. Die lang ure met jou boeke laat die herinneringe terugkom. Soms is dit net 'n naam van 'n plek, 'n datum of 'n liedjie wat jy hoor ... dan breek dit soos 'n storm los. Maar Springbokradio help – veral die versoekprogram.

„En nou het ons weer 'n poskaart van iemand wat homself noem 'Jy weet wie'. Nou ja, dié geheimsinnige persoon vra dat ons enige opname van *La Golondrina* moet speel vir mej. Helena Bosman van Sonop, Stellenbosch, en sy boodskap aan u is: 'Onthou jy nog die aand by Steenbras?' Nou ja, Juffrou, ons hoop u weet van wie dit kom. Ons speel 'n opname van 'n Italiaanse sangeres, Sideritta Pella ...!"

Ek het nie verder geluister nie – ek bedoel na die aankondiger se stem. My vingers het gebewe en was lomp toe ek 'n sigaret uit die pakkie probeer trek. Dan kom die musiek en ... dan sing sy. Die rook bol warm in my keel, maar dis te flou om lawend te wees. My gedagtes dra my terug. Nou is daar geen keer meer nie.

Haar stem vreet die jare weg ... El Agheila, Gazala, Tobruk, El Alamein, Tunisië, Malta, Calabria. Ons het op 9 September 1943 by Salerno geland. Die Italianers het meteens ingegee. Mussolini is opgevolg deur maarskalk Badoglio. Hy het op 3 September besluit dat die Geallieerdes se vriendskap verkieslik was bo dié van sy bondgenote wat besig was om te verloor. Die Italiaanse meisies was mooi. Die stryd het makliker geword. Oorwinnaars weet nie hoe dit voel om te verloor nie.

Rome was ons volgende doelwit, maar reëns en storms het dit onmoontlik gemaak om deur die Duitse linies te dring.

Eers in Januarie 1944 kon ons troepe suid van Rome land. Ons hoofdoel was om 'n wig te probeer indryf tussen die Duitse linies en hul voorradeverbindings, terwyl die hoofleër hul pad sou oopveg na die noorde, waar ons dan by hulle kon aansluit vir die aanslag teen Rome.

Ons het besluit om naby Anzio te land. Amerikaanse bomwerpers sou die plek eers mak gooi sodat ons dan net kon „skoonmaak". Soos baie maal die geval was, het hulle tien keer soveel bomme gegooi as wat nodig was.

Daar was bitterheid op die inwoners se gesigte toe ons eindelik die plek inneem. Die dorpie was erg beskadig.

Ek het 'n huis gekies wat hoër op teen 'n terras agter 'n verwoeste hotel tussen plante weggekruip het. Die voorste gedeelte van die huis was plat. Eers wou ek nie nader stap nie, want die eienaars van 'n vernielde huis het jou nie juis met ope arms ontvang nie. Dit was al sterk skemer en ek het geweet dat die heel huise teen daardie tyd al lankal beset sou wees.

Ek het agterom geloop. En toe hoor ek dit ... *La Golondrina*. Aan die aanslag kon ek hoor dat dit 'n vrou is wat op die klavier speel. Ek het besluit om weg te stap, maar toe begin sy sing. Daar was 'n verlange in haar stem wat my dronk gemaak het. Die aandskaduwees het soos donker kolle tussen die verpletterde murasies gelê.

Ek het die agterdeur oopgemaak en ingestap. Sy het nie omgekyk nie, net aangehou met sing. Haar stem het in die hemel rondgespeel soos 'n swaeltjie en ... toe het sy vooroor geval. Die wanklank van die klawers het haar snikke gesmoor.

Ek het nader geloop, maar die ysterhakke onder my stewels het onaards geklap op die marmervloer. Sy het omgedraai asof sy my verwag het. Ek kon nie praat nie. Ek het nie geweet dat 'n mens in een oomblik so oneindig baie kon belewe nie.

Sy was die mooiste vrou wat ek nog ooit in my lewe gesien het. Die lamplig het oor haar lang hare gegolf, die kronkeling van die trane oor haar wange laat blink. Oor haar oë het die skadu van haar wimpers soos maskers geplooi – asof dit iets moes toemaak.

Sy het opgestaan. Ek het geweet dat sy my naby haar wou hê. Ek het haar baie styf teen my vasgedruk en my growwe vingers deur haar los hare gekam. In haar oë was die dieptes van 'n ewigheid.

Ek wou vir haar vertel dat ek haar wou hê as myne tot in alle tye.

Maar sy het vir my gesê dat ek haar nie moet liefhê nie. Sy het gevra of ek weet hoe leeg sy is, soos glase wat leeggedrink is, soos 'n teater ná middernag. Ek het nie mooi begryp nie, en toe vertel sy van Venesië en Napels, La Scala in Milaan – teaters wat eens vol was wanneer sy gesing het, maar nou leeg was soos sy.

Ek het gewag dat sy verder moes praat, maar sy kon nie. Die stof van die ingetuimelde muur het nog in die kamer gehang. Toe sien ek die spikkels bloed teen 'n paar los stene wat langs 'n groter hoop in die een hoek lê ... dan 'n bloedbesmeerde stukkie plank met 'n veelkleurige tekening van 'n hasie daarop – soos dié wat 'n mens dikwels op 'n baba se wiegie sien ...

Ek het gedink hoe vreeslik leeg my pa se skaapkraal was met die groot droogte toe ons die skape keelaf gesny het, maar ek sou nooit weet hoe leeg 'n vrou is as die dood die lewe wat in haar was, ingesluk het nie. Ek het gewens ek kon die aarde tussen my vingers opfrommel sodat net ons twee kon oorbly.

Dofweg het die gedonder van bomme tot my deurgedring. Toe kom dit nader. Ek kon nie begryp op wie die vyand wou wraak neem nie, en het eers baie later ingesien vir wie dit bedoel was. Ek onthou net dat haar liggaam slap geword het tussen my hande voor ek die slag gehoor het. Haar lippe het bleek geword. Ek het haar op my jas neergelê. Haar naam was op die silwer armband om haar gewrig ... Sideritta Pella.

„... voor ons by ons volgende versoek kom, net eers 'n belangrike aankondiging: Vir aangename, onderhoudende geselskap moet u 'n glasie rooiwyn uit Boland Kelders skink. Die vonkeling sal u herinnerings laat herleef ..."

DIE Huisgenoot

BY DIE POSWESE AS NUUSBLAD GEREGISTREER

6D

31 DESEMBER 1954

SKOONHEID
OP AANVRAAG
—VIR HONDE!

Skol! ... tot volgende keer

„Noem dit wat jy wil, ou Chris – die noodlot of geluk of die relatiwiteitsteorie van Einstein – ek gee nie om nie, solank ek net weet dit was my rondte! Ek het eenvoudig net daar aangestap gekom en soos dit 'n man van my reputasie betaam, geëis dat die wagte die hekke moet oopgooi; en dis mos toe dat die sersantjie reken sy uur van triomf het aangebreek.

„Ja-nee, hy dink toe mos ek sou so onoorspronklik wees om die diamante in my maag deur te smokkel. Ek gee hulle dit darem toe: hulle het my vinnig laat dink in die paar sekondes wat ons van die hek na die X-straalkamer geloop het. Dis mos toe dat ek die vreeslike begeerte kry om my laaste sigaretjie vir 'n lang tyd te rook. Die konstabel het my toe ook sommer aan 'n vuurhoutjie gehelp, maar hy was so besig om my op te pas dat hy nie agtergekom het dat die vuurhoutjiedoos wat ek hom teruggegee het, heelwat swaarder was as die een wat hy my geleen het nie!

„Man, ou Chris, onder my pragtigste herinneringe tel die oomblik toe die X-straalfoto's niks anders as net geraamte wys nie. Die konstabel was so verbaas dat hy seker nooit kon droom dat hy op daardie oomblik in der waarheid 'n vuurhoutjiemagnaat was nie! Voor ek van die spul afskeid geneem het, wou ek natuurlik weer 'n ou sigaretjie opsteek ... jy verstaan, nè, vir die lang pad Lourenço Marques toe ...”

Juan Gonzales alias John Langley gebore Adriaan van As het die laaste slukkie whisky 'n paar maal in sy mond rondgerol, dit toe met 'n uitdrukking van groot vreugde op sy bruingebrande gesig ingesluk. Om die een of ander duistere rede het hy my vertrou. En om dieselfde rede het ek sy vertroue probeer waardig bly. Ek het nooit gedink dat ek my plig versuim deur hom nie in hegtenis te neem bloot op grond van wat hy my vertel het nie. Adriaan van As was 'n man.

„Ou Chris, hartlik dank vir die watertjies. Jy moet my nou verskoon, ek het laasnag 'n kwaadkat in Muizenberg ontmoet – ek moet haar nog gaan uittoets! Skol tot volgende keer!”

Die kroeg was koud en leeg nadat Adriaan weg is.

> Ons vriendskap het in die hof begin; in die tuin geëindig

Ons vriendskap het in die hof begin. Een van my kollegas het my een aand vertel van die interessante saak wat hy die volgende môre moes afhandel. Ek het gaan luister. Toe Adriaan in die beskuldigdebank verskyn, het hy meer na 'n goewerneur-generaal gelyk as na 'n aangeklaagde. Die klag teen hom was dat hy hom wederregtelik as 'n konstabel voorgedoen het.

'n Oulike witkopnooi het getuig dat Adriaan, uitgevat in die uniform van 'n konstabel, haar motortjie ingejaag het op pad na die Strand en haar met alle geweld in hegtenis wou neem omdat sy die laaste verkeerslig in Bellville verontagsaam het.

Boeglam geskrik, het sy toe probeer verduidelik dat sy nie eens geweet het dat daar verkeersligte in Bellville is nie, maar die beskuldigde was heeltemal onverbiddelik en het aan haar gesê dat sy gewete hom lewenslank sou pla as hy haar so maklik sou laat loskom.

Hy was egter bereid om haar 'n kans te gee mits sy die aand saam met hom gaan dans.

Ongelukkig was die getuie se vader 'n polisie-offisier en hy het nie 'n goeie humorsin openbaar toe die beskuldigde haar die aand kom haal nie.

Ek het die hofsaak ontsettend baie geniet. Adriaan moes vyftig pond boete betaal of drie maande tronk toe gaan. Ek het hom twintig pond geleen sonder om dit terug te verwag, maar twee dae later, toe ek die aand by my woonstel aankom, het Adriaan my in een van my gemakstoele ingewag – heerlik agteroor met 'n glasie whisky in sy hand.

Ek het hom nooit gevra hoe hy ingekom het nie. Op sy gewaardeerde manier het hy my twintig pond oorhandig en my verseker dat hy altyd sy skuld betaal – selfs teenoor die magistraat was hy nou moreel vry. Hy het so pas die man se vrou namens die munisipaliteit gebel en gesê sy moet alle bekers en skottels vol water maak aangesien Kaapstad se watervoorraad vir drie dae afgesny gaan word. Die magistraat het nie baie gelukkig gelyk toe hy die volgende môre op kantoor opdaag nie, veral nie toe hy hoor dat Kaapstad nog al die tyd genoeg water het om olifante mee te bad nie.

Ons volgende ontmoeting was op 'n politieke vergadering. 'n Groep mense het besluit om 'n nuwe politieke party te stig ten einde die land van 'n geheimsinnige en onverklaarbare ondergang te red. Ons het opdrag gekry om 'n ogie oor sake te hou.

Hoe op aarde hy dit reggekry het, weet ek nie, maar Adriaan was een van die vier grotes op die verhoog. Hy het daar gesit asof hy die ganse aarde wou hervorm. Ek was egter nie lank in die duister oor sy optrede nie. Die voorsitter was nog besig om die doel van hul samekoms te verduidelik toe Adriaan plegtig opstaan en hom 'n plukkie aan sy mou gee. Hy het iets in sy oor gefluister waaroor die voorsitter baie ingenome gelyk het. Toe kondig hy af: „Sal die lede van die polisie asseblief die saal verlaat."

Ek was nog besig om te besluit of dit 'n dreigement of 'n vriendelike gebaar is, toe Adriaan die geagte voorsitter met een hou slaan dat hy soos 'n pap rugbybal van die verhoog af rol. Dit was skynbaar die aanvalsteken, want oombliklik het 'n groot gros van die aanwesiges soos een man begin slaan en die saal soos 'n sekel deur 'n koringland skoongeveeg.

Maande het verbygegaan sonder dat ek Adriaan gesien het. En toe sien ek een môre die berig in die koerant. Dit was voorbladnuus: *„Die Kroon van Suid-Afrika, 'n diamant groter as die Cullinan, het verdwyn ..."*

Ons het die middag volledige besonderhede in Kaapstad ontvang. Ek het aan Adriaan gedink en getwyfel. Op die lys van verdagtes was al sy name heel bo.

Net voor ek die aand my kantoor verlaat, lui die telefoon op 'n manier wat aaklig is vir iemand wat slegte tyding te wagte is. Dit was my hoof:

„Dalberg, ek dink ons het hom. Kom dadelik na my kantoor en bring vir Grobler, Barnard, De Wit en Trouw saam. Ons sal baie gou moet speel ..."

Toe ons by die huis aankom, was 'n hele kordon polisiemanne al om die huis saamgetrek. Hulle moes blykbaar net vir ons gewag het. Dis die hoofspeurder se werk om „in te breek".

Net in een kamer het lig gebrand. Die gordyne was toegetrek. Ek het teen die prieel opgeklouter en bo die gordyn ingeloer. Die vertrek was ryk gemeubileer.

Adriaan het voor 'n meisie in 'n diep swaar stoel gestaan. Sy was baie mooi, net Adriaan sou so 'n nooi kon hê – sy kwaadkat waarvan hy gepraat het, het ek gemeen. Ek het geen keuse gehad nie. Ek moes gou maak.

Die kombuisdeur was oop. My kurksoolskoene het geen geluid gemaak nie. In die gang het ek hulle hoor praat, in 'n vreemde taal soos Frans. Adriaan kon omtrent enige taal ter wêreld praat. Ek kon nie verstaan wat sy sê nie, maar ek kon hoor dat sy bang was soos 'n vrou wat 'n man oneindig baie liefgehad het en geweet het dat sy haar liefde gaan verloor.

Sy het my eerste opgemerk. Adriaan moes dit in haar oë gesien het, want toe sy begin gil, was hy al deur die venster.

Ek het gewag daarvoor … drie, vier rewolwerskote waarvan minstens twee raak was.

Hy het nog geleef toe ek by hom kom, maar sy oë was troebel en dof. Sy laaste woorde was sonder verwyt:

„Ou Chris, jong, d-dit w-was mos nie ek nie … Skol, t-tot volgende keer …"

Ek het hom self opgetel en in die ambulans neergelê, versigtig. Op die stoep het sy „kwaadkat" gestaan.

Die volgende môre het ek my bedanking as hoofspeurder ingedien nadat die berig in die oggendnuus uitgesaai is:

Die Kroon van Suid-Afrika wat op geheimsinnige wyse verdwyn het, is vanoggend teruggevind toe die polisie die dief, Jack Carelson, op die Lughawe Jan Smuts vasgetrek het net voor die vliegtuig na Kaïro sou vertrek …

DRAKENSBERGPERS BPK.

UITGEWERS VAN
"DIE NATALLER"

Posbus 2637
Foon 28045

TYDELIKE ADRES

Sanlam-gebou 521,
Smithstraat,
DURBAN

2 September '55

Mnr. Pik Botha,
Dept.Buitelandse Sake,
Uniegebou,
PRETORIA.

Geagte mnr. Botha,

Ten einde in n langgevoelde behoefte in Natal te voorsien,sal daar vanaf die einde van hierdie maand n Afrikaanse Nasionale koerantjie in Natal uitgegee word,"Die Nataller". Die eerste deel sal nuus bevat en die tweede deel n bietjie naweekleesstof.

Aangesien ons verwag om swaar te kry,ook wat betref bydraes, het ons verlof van Die Burger om enkele uitgesoekte verhale wat in Die Byvoegsel verskyn het te gebruik,natuurlik as dit nodig word.Aangesien Die Nataller hoofsaaklik in Natal sal sirkuleer en Die Burger nie eintlik hier gelees word nie,is die moontlikheid skraal dat iemand sal weet dat ons nou en dan n ou verhaal gebruik.

Graag sal ek verneem of u beswaar sal he as ons van tyd tot tyd een van u Byvoegsel-verhale gebruik.Ons sou dit graag doen en al kan ons nie veel daarvoor aanbied nie,sal ons u met plesier n nominale £1.1.0 per verhaaltjie gee.Ons het net een versoek en dit is dat u die feit dat ons moontlik n klompie reeds gepubliseerde verhale sal moet gebruik,as streng vertroulik beskou.Dit sal ook goed wees as u ons toelaat om wanneer ons meen dat dit nodig is,die titel van n verhaal te verander.

Ek sal dit baie waardeer om so gou as moontlik te hoor of dit in orde is wat u betref. Met baie dank by voorbaat.

Agtend die uwe,

Theo Gerdener(Redakteur)

Direkteure: C. H. Badenhorst · J. C. Greyling, L.V. · W. A. Maree, L.V. · Senator C. G. Nel · T. C. van Rooyen · J. C. van Zyl
Besturende Direkteur: Theo Gerdener, L.P.R.

Theo Gerdener, redakteur van *Die Nataller*, was later Administrateur van Natal en daarna Minister van Binnelandse Sake.

Die as van papier

„Hoeveel wil jy hê?"

„Nee, Meneer, hy's die groot daaimont, groter as die eier van die duif ..."

„Ek het gevra hoeveel wil jy hê!"

„Two hundred kesh, Meneer. Hy's die baie groot ..."

„Nou goed, vanaand nege-uur sien ons mekaar."

„Ja, Meneer."

„Jy ken die straat wat by die oop stuk grond verby loop na Braamfonteinstasie?"

„Ek ken hom, Meneer."

„Nou ja, net daar waar die straat by die hoek van die kerkhof verbyloop."

Hans van Wyk het geen oomblik getwyfel dat hierdie transaksie deur die Suid-Afrikaanse Polisie gereël was nie, maar hierdie keer het hulle 'n groot fout begaan: hulle het nie rekening gehou met die sielkundige kundigheid van die Goudstad se smokkelaars nie. Hierdie een was glad te vol vertroue, te openlik, presies nes 'n lokvink sou wees wanneer hy weet dat die polisie hom as lokvink gebruik. Hier was die kans van sy lewe!

> Geld wat onwettig verkry is, brand gou uit tot die as van papier

Toe die voorman „tjaila" skreeu, het Hans sommer die steen daar bo gelos – waarom sou hy nog 'n steen inmessel; môre sal hy nie meer messel nie en oormôre ook nie, nooit weer nie. Hy is moeg vir hierdie sukkelbestaan, hierdie eentonige rugbrekende werk, dag na dag. Van nou af gaan hy die lewe geniet; saans sal hy gaan dans in deftige plekke saam met die deftig geklede meisies wat hy tot dusver net van boustellasies af kon bekyk.

By 'n sportwinkel het hy tweehonderd jaart sterk vislyn gaan koop, en toe sy vriend Piet Viljoen gaan opsoek.

Piet is huurmotorbestuurder. Hul vriendskap het begin toe Hans ook nog daarmee sy bestaan verdien het en het voortgeduur nadat Hans se bestuurderslisensie ingetrek is omdat hy, volgens die magistraat, 'n potensiële moordenaar agter die stuurwiel was.

***

Om kwart voor nege laai Piet vir Hans so tweehonderd tree van die afgesproke ontmoetingsplek af. Hans stap stadig met die punt van die rol lyn na die begraafplaas se hoek aan. Hy stap doodluiters sodat verbygangers niks vermoed nie, maar intussen trek hy die lyn met hom saam. By die aangewese plek gaan hy staan, hoes 'n paar maal en steek dan 'n sigaret aan. As hierdie plan van hom slaag, dink hy, gaan hy so ryk wees dat hy nog sy sigarette met vyfpondnote sal aansteek!

Hy skrik effens toe 'n gedaante, asof uit een van die grafte, meteens langs hom staan. Hy herken dadelik die stem.

„Waar's die klip ...?"

Hans se hande is lomp toe hy die pragtige steen tussen sy growwe vingers vat en in die tabaksakkie gooi wat hy aan die punt van die lyn vasgemaak het. Met 'n afwaartse beweging gee hy die lyn 'n pluk wat die teken vir Piet is om die lyn op te rol. Sonder dat die lokvink besef wat gebeur, bring hy met dieselfde beweging na bo, sy sakdoek na sy mond asof hy wil nies, maar haal terselfdertyd die „diamant" uit wat hy en Piet die middag geskep het nadat hulle dosyne glasstukke uit dik ruitstukke gebreek het. 'n Oomblik wonder die lokvink wat van sy klip geword het, maar dan sien hy Hans het hom nog tussen sy vingers wat die sakdoek vashou.

Die volgende oomblik sak die polisie op hom toe. Hulle is so gretig om hom te arresteer dat hulle hul nie eens steur aan die motor wat geen tweehonderd tree verder met 'n vaart wegtrek nie.

Hans glimlag breed: Vir die eerste keer kan hy hom parmantig gedra teenoor die gereg.

***

Die saak kom 'n week later voor. Die magistraat lyk effens verbaas toe hy hoor Hans pleit onskuldig nadat die staat sy saak gesluit het. Die getuienis is verdoemend. Hans se verweer is kort en duidelik. Hy sal volkome berus in die hof se uitspraak indien die staat kan bewys dat dit werklik 'n diamant was wat hy daardie aand wou koop.

'n Diamantslyper word ontbied. Hy het nie twee maal gekyk nie voordat hy die hof verseker dat die bewysstuk 'n stuk suiwer glas is.

Hans word onskuldig bevind. Buite wag Piet hom in. Hulle gaan dit vier.

***

Daar is net een plek waar die diamant verkoop kan word – Lourenço Marques. Maar hulle is nie so dom om dadelik daarheen te gaan nie. Die volgende môre gaan Hans maar weer messel. Eers na ses maande doen hulle aansoek om paspoorte. Teen dié tyd is die hofsaak al vergete, en niemand verdink die twee toeriste nie.

Na hulle sewende nag in die Bananas Club besluit Hans dat dit tyd geword het om met een van die danseresse meer vertroulik te gesels oor die doel van hul besoek. Sy is geensins verbaas nie; dit is nie die eerste keer dat sy agent sou speel vir sulke sake nie. Om vieruur die oggend toe die nagklub sluit, gaan hulle na Marjillo. Hy, die spruit van 'n Amerikaanse matroos en 'n Chinese danseres, het die waarde van geld geken en dit vir beter doeleindes aangewend as sy ouers. Hy besit 'n florerende porseleinsaak en die porselein wat hy uitvoer, is seker van die duurste op aarde, want daar is dikwels diamante in.

Marjillo bied hulle vyftienduisend aan, maar Hans slaan eers op twintigduisend toe. Hulle word kontant betaal, in Unie-banknote. Marjillo het skynbaar ook ander klante uit die Unie gehad ...

Hans besluit om nie weer gou Johannesburg toe te gaan nie. Voorlopig sal 'n heerlike vakansie in Durban hom besig hou, en aangesien Piet se kop Kaapstad toe staan, besluit hulle om in Durban uitmekaar te gaan.

Sy eerste duisend pond belê Hans in 'n motorkar, sy tweede duisend in 'n nagklub. Voordat sy derde duisend na die maan is, het hy al 'n nooi. Sy het rooi hare met blou oë soos die see, 'n middel en 'n postuur waarna elke man aanhoudend sal kyk. Haar naam is Marie-Louisa. Sy woon in 'n luuksewoonstel naby die strand, en die feit dat sy geen werk doen nie en tog so hoog kan lewe, hinder Hans glad nie. Hy is goed vir haar en sy kan nie anders as om na 'n paar weke van spandabelheid te glo dat Hans haar begin liefkry nie. Maar elke dans het 'n laaste dans.

***

Al die pare in die nagklub is reeds moeg gedans toe Hans die uniform van 'n konstabel gewaar. Dan sien hy nog meer inkom by die ander deur.

Hy en Marie-Louisa is aan die onderpunt van die saal. Sy skrik toe sy voel hoe Hans meteens in haar arms verstyf. Hans twyfel nie oor die doel van hul koms nie. Daar is net een uitweg. Hy duik deur die groot venster.

Marie-Louisa hardloop uit, maar Hans het reeds die motor bereik. Toe hy inspring, dreun die enjin, maar dan word alles gesmoor in die knal van twee, drie rewolwerskote.

Polisie hardloop nader. Marie-Louisa is eerste by. Rooi bloed syfer deur sy borshemp.

Sy bars snikkend los teen die polisie, maar 'n offisier vat haar versigtig aan haar skouers en probeer haar weglei toe Hans half orent beur en begin stotter:

„Nee, w-wag, sy moet eers h-hoor, d-die d-diamant, in Jo-hannesburg, ons het, het 'n stuk g-glas gehad, d-die polisie w-was t-te dom, e uu-uuuuhh ..."

Die konstabels kyk Hans onbegrypend aan. Hy moet deurmekaar wees.

Dan kniel Marie-Louisa langs hom. Sy het hierdie man leer liefkry. Hy was die eerste wat nie omgegee het om baie geld op haar te spandeer sonder om iets meer van haar te verwag as net vriendskap nie. Hy het haar liefde gegee en vir haar omgegee. Sy probeer met hom praat, maar op sy oë dryf reeds die drifsels van die dood. 'n Konstabel probeer haar weer wegneem.

„Dit spyt ons, Juffrou, maar dié man word verdink van geldvervalsing. In Durban se banke is reeds meer as drieduisend vervalste pondnote ..."

Met die grootste kraginspanning steek Hans nog sy hand in sy sak en haal 'n tienpondnoot uit.

„'n Laaste s-siga-ret, s-steek d-dit aan m-met hierdie n-noot ..."

Maar die sigaret het net een maal rooi gegloei tussen sy bloedbelope lippe ...

N'KUZI, DIE WIT BUL
PIK BOTHA
DIE OERWOUD HET OOK LEGENDARIESE FIGURE, MAAR MIN SO VREESAANJAEND AS N'KUZI

N'kuzi, die wit bul

'n Portugees het ons die storie vertel toe ons die aand op Canicado ('n dorpie aan die Limpopo) aangekom het. Ons het vir hom gelag. As 'n jagter die olifante wat hy geskiet het, nie meer tel nie, steur hy hom ook nie meer aan sulke stories wat van kroeg tot kroeg rondswerf nie. Jy luister net daarna en as jy self baie wyn gedrink het, geniet jy dit soos 'n skoolseun „Jakkals en Wolf" geniet.

Die volgende môre was al ons draers en spoorsnyers weg. Ek het dadelik geweet dat die storie die oorsaak was. Ons was nou in 'n goeie streek. Verder na die weste tot by die Wildtuin sou ons genoeg olifante kon skiet, maar nie sonder draers nie, want paaie was daar nie. Na die noorde tot by Chigubo aan die Chenganerivier was darem 'n rybare middelmanpaadjie. Ons sou maar soontoe laat vat en hoop die storie het nog nie daar versprei nie.

> Die oerwoud het ook legendariese figure, maar min so vreesaanjaend as N'kuzi

Ons het 'n Shangaankaptein by sy stat gaan besoek en sy voorwaardes vir die verskaffing van „manne" aanvaar. Hulle kon saamgaan, maar as ons op die spoor van die N'kuzi ye Mo ya wo Basa afkom, moes ons dadelik terugkom. Dit is die Bul-wat-nie-doodgaan-nie. Ons mag nie sy spoor vat nie. Die ou wou toe ook nog eers sien of ons kan skiet. Ons het na die hoofkraal geloop waar sy onderdane besig was om 'n woedende bul op die grond in toom te probeer hou. Toe ons deur die hek stap, klim die kaptein bo-op die klipmuur en gee die teken vir sy manne om die bul te los.

Binne 'n oogwink was ek en Ben die enigste twee in die kraal toe die bul snorkend opspring. Hy skud sy kop 'n paar maal heen en weer dat die skuim uit sy bek en neusgate spat, skop 'n miswolk rondom hom op en dan kom hy ... Ek skop my een been agteruit teen die kraalmuur en sê vir Ben dat dit myne is hierdie – hy het net sy .375 Cogswell en Harrison gehad. Ek het die Mauserkoeël in sy kuiltjie weggestuur. Die kaptein was tevrede en ons het ons draers gekry nadat ons hom 'n paar pond vir sy bul betaal het.

Van Chigubo af het ons al met die laagland in 'n noordwestelike rigting koers gevat. Regs was die Pambane-moerasse en links, in Chigombe se rigting, was te veel riviertjies en spruite wat van die plato afgeloop het. Ons doelwit was die Muvameer duskant die Zaverivier – hier sou ons dalk die groot trop olifante kon opspoor wat van die vorige jagseisoen af noordwaarts getrek het.

Dinge het goed verloop en ek kon aan ons draers se gesels hoor dat hulle begin vergeet het van die groot Bul-wat-nooit-doodgaan-nie – die N'kuzi ye Mo ya wo Basa!

Ben was die aand besig om 'n brief te skryf aan 'n Portugese nooi wat hy in Lourenço Marques ontmoet het. Terwyl ek my 10.75 Mauser skoonmaak, hoor ek hoe een van die ouer draers, Mbunga, by hulle vure begin vertel hoedat hulle groot-groot kaptein, Soshangana, sy kinders gewaarsku het om nie met die Wit Bul te foeter nie! Ek wou nie hê die storie moes weer opvlam nie, dit sou sleg wees vir ons manne se moreel. Ek roep Mbunga en wag eers 'n ruk voor ek praat – 'n ernstige saak word nooit vrot nie – daarvoor het mens tyd nodig!

„Mbunga!"

„Hosi!" antwoord hy waardig.

„Die hart van 'n man, Mbunga, moet nie *mati* opgaar soos 'n dam nie ..."

„My ore is oop, Hosi."

„Die ndlopfu (olifant) waarvan julle praat, is 'n storie vir ou vrouens."

„Au, Hosi."

„Ja, Mbunga – wie het hom al gesien?"

„Xidlayi, Hosi, die Groot Doodmaker! Hy was mlungu net soos jy. Dit is nou baie lankal – so ver dat ek nie meer kan onthou nie. Dit was hierdie tyd nadat die blare van die bome afgeval het en die tilo (hemel) opgedroog was. Ons groot-groot vader, Mtwaro, was Xidlayi se skaduwee op sy jagtogte. En toe, een nag terwyl die sterre wakker was (terwyl dit mooiweer was), het die weerlig gepraat. Dit was die stem van die N'kuzi, hy was baie kwaad omdat hulle op sy paaie geloop het! Mtwaro het met Xidlayi gepraat soos 'n man met 'n man praat en vir hom gesê dat hulle moes omdraai. Maar Xidlayi het gesê hy sal in N'kuzi se paaie loop totdat hulle op die kruispad ontmoet. Xidlayi het baie geskiet, hy was die groot doodmaker soos jy. As sy geweer gepraat het, was daar stilte, Mtwaro was 'n man. Hy het nie omgedraai nie. Maar N'kuzi die Wit Bul wat nie kan doodgaan nie, was baie kwaad. Hulle het by die Pambane-moeras ontmoet – die Wit Bul het die bosse voor hom ingesluk soos hy storm en Xidlayi se hande dom gemaak toe sy woede oor die bosse losbars soos die donderweer. Hy het Mtwaro uitgekies, want Mtwaro moes geweet het.

„Geen man wou weer saam met Xidlayi gaan jag nie en hy het vir hom 'n perd gaan koop om die Wit Bul te soek. Maar die Wit Bul het die perd se ore toegegooi met sy groot geskal en Xidlayi se geweer kon weer nie praat nie – die Wit Bul het hom getoor! Xidlayi was 'n Groot Doodmaker, maar N'kuzi nog groter. Hy het hom met sy slurp van die perd afgehaal en Xidlayi in 'n boom vasgespyker met sy tand. Au, die Wit Bul kon nie dood nie! Sy bloed is soos water wat nie opdroog nie en sy son gaan nooit onder nie."

Ben het intussen sy Portugese nooi skoon vergeet – Mbunga kon boeiend vertel. Vir 'n oomblik voel ek koud en kriewelrig as ek die dowwe weerlig ver oor die bosse sien flikker – in die winter sien mens selde weerlig in Mosambiek!

„Dis 'n groot storie, Mbunga – en Mtwaro het 'n groot hart gehad – ek weet jou hart is ook so!"

„Hosi," antwoord die ou en die vuurgloed speel oor sy groot, wit tande. Dit sou dwaas wees om verkleinerend te praat van die Wit Bul nadat hy sy storie vertel het ...

Ek kon nie slaap dié nag nie – die weerlig het my gehinder, en N'kuzi, die Wit bul wat nie kon doodgaan nie.

Daar was nog maar drie vingers son oor die volgende middag toe ek skielik die angstige gebabbel van ons draers wat skuins agter my loop, hoor. Toe roep Ben my om te kom kyk. In 'n sanderige sloepie was die spoor afgedruk – amper 'n tree in deursnit! Sinsbedrog, dink ek, maar dan volg ons die spore tot op die harde wal. Ons draers het doodstil geword. Mbunga se groot oë brand op my. Ek het nog nooit 'n olifantspoor gesien wat meer as 18 tot 20 duim in deursnit was nie en hierdie een was dubbel so groot.

Ben grynslag onseker: „Die Wit Bul, ou vriend." Dan draai ek om en vra of daar manne is wat saam met ons die spoor wil volg. Hulle bly stil – dit is hulle antwoord. As daar 'n Wit Bul is, dan gaan hy vandag vir die eerste maal doodgaan, besluit ek. Ons stop ons sakke vol patrone en sê vir Mbunga om die draers terug te neem kamp toe om te gaan rus, want vannag sou hulle hard werk as die Wit Bul eers lê. Dit het verspot voorgekom om te dink dat daar 'n olifant sou wees wat nie doodgemaak kon word met 'n 10.75 Oberndorff-Mauser nie. Een ding was egter seker – as hierdie spoor 'n olifant s'n was, dan was dit 'n reus.

Die son wou net ondergaan toe ek die takke

skuins voor Ben hoor kraak. Ben wink vir my om nader te kruip en dan sien ek hom ... die Wit Bul! Die laaste strale van die son speel op sy wit, rotsagtige rug en laat die dierasie nog groter lyk. My hande voel stram en oor my oë sweef iets dynserigs. Ek dink aan Mtwaro en Xidlayi. Dan trap Ben op 'n droë takkie en dit klink asof die kraak weergalm. Stadig draai die monster sy reusekop na ons. Sy slurp toring die lug in. Ek sien hoedat die grassade na sy rigting roer, die wind het gedraai – ons is bokant die wind!

Ek probeer geweldig hard dink, ek veg teen iets onsigbaars, vreemds, 'n soort taaiheid om my wat my vashou. My tong word dik en souterig. Ek druk die slot van my geweer agter die patroon in – „die derde plooi op sy kop van waar die slurp ophou, tussen sy oë, reg teenoor sy brein ...” Die bekende mikpunt vervaag, dis of ek nog nooit 'n skoot in my lewe geskiet het nie!

Dan bol die dier se ore bak soos wolke om sy reuseliggaam, sy slurp troon tussen die boomtoppe en as hy storm, trek hy los met 'n basuingeskal wat jou ore laat toeslaan.

„Nou!” Ek het die sneller aanhoudend getrek, lank nadat die dierasie donderend by my verbygestorm het.

***

Na baie dae het die Wit Bul se spore op die harde grond dowwer geword en naderhand verdwyn. Ek het Ben nooit weer gesien nie.

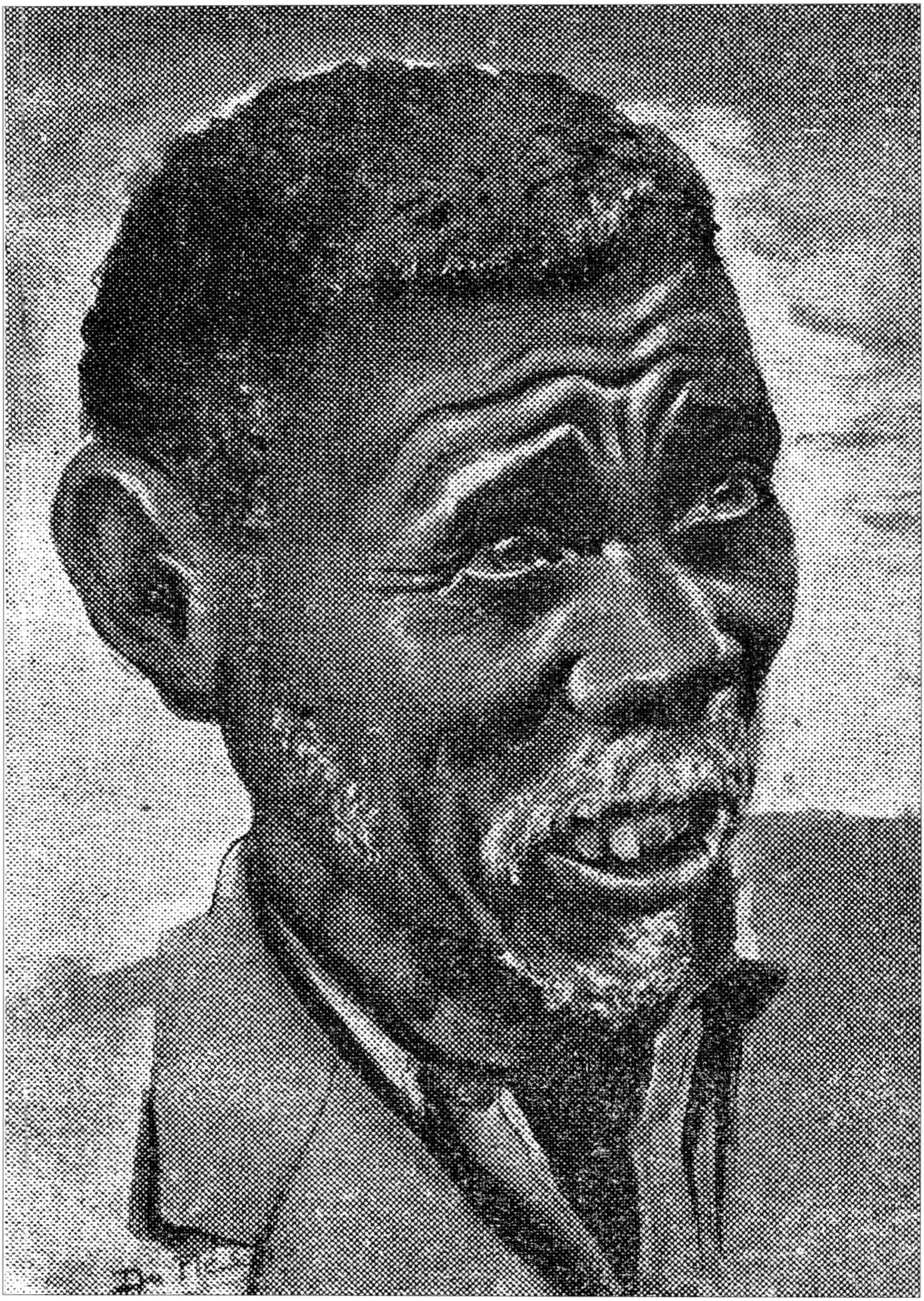

Water – diep en koud

Ek het die aandkoerant gesit en lees. Die berig was op die voorblad. Die saak het voor my gedien. Ek het geweet dat dit nou so sou voortgaan, elke dag, die volledige hofverslae, tot die uitspraak gegee word ...

„Jy sal van hier na 'n plek van bewaring teruggeneem word, van waar jy na 'n plek geneem sal word waar jy sal hang aan jou nek totdat jy dood is ..."

Iemand klop aan die deur. Ek wou vanaand alleen wees. Ek is amper vies toe dit my vrou is, sy behoort te weet ...

„Pieter, hier's 'n ou man buite wat sê hy moet jou sien. Ek het vir hom probeer verduidelik dat dit onmoontlik is, maar hy hou vol dat hy klein 'Pieta' wil sien, hy sê hy het jou grootgemaak."

Ek het nie verder geluister nie. Hy het in die halfdonker met sy rug na die deur op die trappies gesit – Ndumba, my vader se ou voorman, jare gelede op die plaas, toe ek nog 'n kind was.

> Dit was wat ek gevrees het. Een van die beskuldigdes in die moordsaak was sy seun en die erfgenaam van sy kraal en sy beeste, die fontein wat nie droog mag word nie ...

Ek het sy naam gesê. Sy kop het stadig gedraai en toe hy my sien, het sy weggesonke oë begin water.

„Pieta ..." Ek het vir my vrou geknik om ons alleen te laat.

„En wat kom soek jy hier, my ou Tata?"

„Auk, Pieta, soe, jy moenie so gou die voete in die water steek nie, die water isse banja diep en koud."

Broksgewys het ou Ndumba begin vertel. Dit was wat ek gevrees het. Een van die beskuldigdes in die moordsaak is sy seun en hy het gehoor dat ek die „juts" is wat die „groot sê" het in die saak en nou het hy gekom om te vra dat sy „Pieta" hom genadig moet wees.

Dit was sy enigste seun en die erfgenaam van sy kraal en sy beeste, die fontein wat nie droog mag word nie ...

„... asseblief, my tjend, jou hart was allemaal so sag, toe jy nog tjend was jy 't gehuil as die oubaas die skaap keelaf sny. Dan ou Ndumba hy 't jou weggevat en vir jou vertel die skaap hy 't banja seer gakry en die oubaas hy sny hom nie keelaf nie, hy slag hom net, want ons moet eet."

Wat sou dit help om te probeer verduidelik? Hoe sou Ndumba verstaan wat ek moet doen; alle prokureurs en advokate weet dit nie eens nie!

„Ons sal sien, Ndumba. Ons sal sien wat ons kan doen. Laat ons eers die bosse oopkap sodat die pad oop is. Nou is dit nog te ruig, ek kan nog nie sien nie. Het jy al geëet vandag?"

Dié nag kon ek nie slaap nie. Ndumba het my ganse lewe teruggebring, herinneringe waarvan hy 'n onuitwisbare deel was, weer werklik gemaak. Ek kon nie aan die plaas dink sonder hom nie. Dit sou soos 'n prent wees met 'n oop kol in die middel. Ndumba het my grootgemaak.

Moeder is 'n paar dae ná my geboorte dood. Vader het nooit weer getrou nie. Ek was dankbaar daaroor. 'n Stiefma sou nie vir my kon doen wat Ndumba vir my gedoen het nie.

Ek kon skaars loop toe het hy my al saamgevat lande toe. Saans het hy vir my stories vertel van die tokkelossie en van die wit slang in die populierbos. Ndumba kon enige vraag beantwoord en ek het hom geglo, want sy verduideliking was so fantasties, so lekker om te glo.

Hy het altyd vir my probeer skerm as Pa die strop wou inlê. As die kalwers uitgesuip het, was dit nie ek nie, maar die „vrotsige ou hek" wat nie kon hou nie. Een nag toe Pa ná 'n laat vergadering van die boerevereniging op die dorp moes slaap, het ek skelm die skietlamp inmekaargesit om te gaan skiet en toe skiet ek een van Pa se pragosse in die koringland dood. Ou Ndumba het vir Pa vertel dat hy vir my gesê het dat dit 'n koedoe was en dat die oubaas eintlik vir hom die slae moet gee.

Ek sidder as ek daaraan dink dat ek magteloos is om hom terug te betaal. Miskien sou dit beter gewees het as hy my nooit daardie dag uit die erdvarkgat gered het nie. Ek het 'n duiker gekwes en toe die ding in 'n erdvarkgat inkruip, het ek opgewonde agterna gekruip, kop eerste. Eers toe ek onder was en die duiker aan die agterbene beet het, het ek besef dat ek nie kon terug nie. Die gat was te nou, en hoe meer ek gespook het, hoe verder het ek begin afsak. Ek sal dit nooit vergeet nie. Die duiker het aanhoudend 'n spul stof in my oë en mond geskop en die erdvark het verskriklik gestink. Later kon ek nie meer asem kry nie, die stof het in my keel gebrand soos vuur. En toe voel ek dit: soos in 'n droom vou iemand se vingers om my enkels en begin my stadig uittrek totdat ek die apiesdorings kon sien en die geur van soetdorings kon inasem. Deur my trane het die beeld van ou Ndumba geswem. Vader het nooit daarvan gehoor nie, my net die aand geprys omdat ek 'n duiker geskiet het.

'n Junior advokaat het *pro deo* namens die aangeklaagdes opgetree. Ek het geweet dit sou niks help om 'n meer ervare man te probeer kry nie. Dit was een van daardie soort sake waarin die enigste moontlike uitspraak moord is.

Ndumba se seun, Kalenga, en twee ander het 'n motor gesteel. Op die Vereeniging-pad het 'n blitsmotor hulle ingehaal en toe het die een wat die motor bestuur het 'n rewolwer uitgehaal, dit in Kalenga se hande gestop en gesê hy moet skiet. Die bestuurder van die blitsmotor is getref en toe die motor teen 'n vaart van 90 myl per uur omslaan, is die ander drie insittendes op slag gedood.

Die hof was die laaste dag stampvol. Aan die een kant het ek die familielede van die vier polisiemanne gesien en aan die ander kant het ou Ndumba gesit met sy oë vol hoop en verwagting. Ek het uitspraak voorbehou. Ek moes kans hê om eers vir ou Ndumba te verduidelik – die water was baie koud en diep, ek wou nie sy voete so meteens insit nie – en ek wou self eers moed kry vir hierdie vonnis. Ek het my beroep al lankal gehaat. Ek moes advokaat gebly het.

Ek het my in die studeerkamer gaan toesluit. Ek skink 'n halfglas brandewyn en drink dit in een teug net so skoon uit. Ek is bang vir myself. Ek is 'n lafaard. Maar die onmoontlike kan ek ook nie doen nie; ek het geen ander keuse as die doodsvonnis nie.

My wil is in myself gebreek. Môre moet ek Kalenga ter dood veroordeel. My tong sal vashaak en my keel sal droog wees en ek sal nie opkyk nie, nie een maal nie.

Daar is geen maan nie. Miskien moet ek bid. Ek het lanklaas gebid, dit sal goed wees om weer klein te wees, baie klein soos toe ek alles aanvaar het wat Ndumba my vertel het.

Ek kan nie slaap nie en hinder my vrou met my omdraaiery. Ek gaan sit buite. Die ure gaan vinniger om as wat ek gedink het. Teen dagbreek sluimer ek in en droom dat ek in 'n skuit al nader aan die rand van 'n waterval dryf waar ek gaan afstort.

Toe ek die stoppels baard teen my nek skeer, sien ek die laksman se tou om Kalenga se nek. Ek wil braak maar het die vorige aand niks geëet wat ek kan opgooi nie. Die besef dring dieper tot my deur dat ek 'n vonnis oor myself gaan uitspreek. Op pad hof toe lees ek die groot letters op die koerantplakkate:

BESKULDIGDES
ONTSNAP
EEN GEDOOD

Ek hou in die middel van die straat stil om 'n koerant te koop en dan lees ek dit:

„Kalenga, een van die drie beskuldigdes wat teregstaan op 'n aanklag van moord, is vanoggend kort ná middernag noodlottig gewond toe hy uit die Sentrale Gevangenis in Pretoria probeer ontsnap het. Na verneem word, het die ander drie wel daarin geslaag om te ontsnap."

Ek het nie verder gelees nie. Die eienaars van die lang ry motors agter my het op hul toeters begin blaas.

Ou Ndumba het die aand na my toe gekom.

„Auk, Pieta, nou die groot winter hy 't gekom. Ndumba se son gaan ondergaan in 'n leë kraal. Maar darem disse bietjie troos dat jy wou gehelp het."

„Ja, Ndumba, ek verstaan. Ek sien diep in jou hart hoe die sprinkane vreet. Ek voel jammer vir jou. Ek het nie vergeet wat jy vir my gedoen het nie, Ndumba. My hart was nie soos dié van 'n kalf wat net suip nie. Ek wou jou probeer help het, maar nou het die nag my planne toegemaak."

Dit was die enigste leuen wat ek ooit as regter vertel het.

DIE **Huisgenoot**

DIREKTEURE: MNR. H. R. MALAN, MNR. J. DE LA R. DU TOIT, BESTURENDE DIREKTEUR: DR. C. F. ALBERTYN.

TELEFOON: 3-4831
TELEGRAMADRES:
„HUISGENOOT"

WAB/EK

Posbus 1802,
KAAPSTAD.

14 Julie 1955.

Mnr. R.F. Botha,
Dept. van Buitelandse Sake,
Uniegebou,
PRETORIA.

Geagte mnr. Botha,

i/s: 'N STORIE NET VIR MANS.

Baie dankie vir die gawe verhaal, wat ons met graagte vir gebruik aanvaar. Ons tjek ter vergoeding word hier aangeheg.

Hoekom was u so lank stil? Ons betaal deesdae beter vir goeie kortverhale en verwag om somaar binnekort weer van u te hoor.

Hoogagtend,

W.A. Boonzaier

NAMENS DIE REDAKTEUR.

Storie net vir mans

Ek het al ses jaar diens gehad toe Hans Badenhorst een oggend aan my voorgestel is as 'n nuwe kollega. Hy het reguit van die universiteit gekom met 'n B.A.-graad en baie ideale. Die graad is 'n vereiste vir aanstelling in die diplomatieke diens – ek weet nie hoekom nie. As jy eers eenmaal in die ding is, besef jy baie gou dat jy net 'n gewone staatsamptenaar is, universiteitsgraad ofte nie, veral as jy jou eerste maand se salaris ontvang.

Maar ek wil nie nou van my departement vertel nie.

> Hy was nie gemaak om gebreek te word nie; daarom was hy die slagoffer van die meedoënlose vrou ...

Hans Badenhorst is die oggend aan my voorgestel nog voor ek my koerant kon bestudeer. Nadat die hoofklerk geloop het, het ek met die gewone uitvraery begin, soos van my voorgangers 'n paar jaar tevore met my gedoen het. So onder die gesels deur het Hans al meer op sy gemak geraak en my ook later begin uitvra.

Ek het van hom gehou. Miskien was dit omdat ek meer geweet het van die lewe as hy – ek bedoel omdat ek dinge beleef het wat hy nog nie beleef het nie.

Die volgende dag het ons met die „leerproses" begin. Ek het Hans 'n lêer gegee en gesê hy moet die korrespondensie daarop nagaan en dan die diensbrief wat die oggend ingekom het, beantwoord. Dit was die maand waarin ons alle korrespondensie in Engels moes skryf. 'n Ruk later het hy sy produk gebring:

Dear Mr Jackson

I have much pleasure in informing you that I can now give you a very satisfactory answer to your enquiry. As you know in cases like this one ...

Ek het nie gelag nie. Ek onthou hoe daar vir my gelag is, en dit was nie baie lekker nie, veral nie as 'n man pas jou B.A. gekry het nie. Ek het vir Hans so mooi as moontlik probeer verduidelik dat jy in die Departement van Buitelandse Sake drie vorme van kommunikasie het, naamlik 'n brief, 'n diensbrief en 'n nota. Daar is natuurlik 'n vierde ook, naamlik die telefoon, maar dié lewer nooit enige noemenswaardige resultate nie, behalwe as jy jou vrou of vriende bel.

Die diensbrief is die gewone ding wat jy skryf as jy aan 'n ander departement skryf, en dan hoef 'n mens nie „Dear Mr So and So" te skryf nie, jy sê net eenvoudig „The Secretary for Melodramatic Affairs", of wat dit ook mag wees. Die Jackson wat die brief onderteken het, het dit in die naam van sy departement se sekretaris gedoen, en vir amptelike doeleindes bestaan Jackson glad nie, net soos ek en al die ander wat nie die sekretaris van ons departement is nie.

Die „much pleasure" en „satisfactory answer" kan ook maar vergeet word, In die eerste plek is dit geen plesier nie, en tweedens bestaan daar amper nie 'n „satisfactory answer" in die staatsdiens nie. Verder kan die „as you know" weggelaat word, want Jackson sou tog nie die kennis wat daarmee veronderstel word, besit nie.

Hans het mooi geluister. Toe hy weer kom, het sy produk so gelyk:

The Secretary for XXX
Application: Mr Jan K. Koekemoer and 15 children

With reference to your minute No DDT 006/123/000 of the 31st April, 1910, I have to inform you that it has now been ascertained that ...

Ek het net die „15 children" doodgetrek en „family" ingevoeg en „31st April" verander na „30th April". Sien, dit was nie Hans wat so onnosel was nie, maar die registrasie-afdeling wat die datumstempel op die departement se betrokke diensbrief moes plaas. Ek het die ding al geken: Hulle is gewoonlik te lui om die maand wat verby is, se datumstempel te verander.

Hans het gou reggekom. Dit het vir my gelyk asof hy dinge maklik kon aanvaar. Hy het my laat dink aan een van my ooms. As dit die jaar op sy plaas baie reën, dan is dit die Here wat sy kinders seën, en as dit die jaar weer droog is, dan kasty die Here diegene wat Hy liefhet. Sulke mense is altyd baie gelukkiger as dié wat die oorsake van die droogtes en reëns wetenskaplik wil verklaar.

Hans het nooit kwaad geword nie. Hy was 'n goeie mens. Ek het hom jammer gekry daardie eerste tyd. Uit die aard van die saak was ons departement baie sosiaal, volgens moderne opvattinge, dit wil sê swart aandpakke en whisky, en talle geleenthede om dié twee saam te gebruik. Hans het van sulke dinge geweet, maar hy was dit nie gewoond nie en dit het baie vir hom gesê nadat hy drie jaar op universiteit was. Verder het hy nie gerook nie en hy was verloof aan 'n bedeesde meisiemens – die soort wat tevrede sal wees met een man haar lewe lank, en hy het haar liefgehad.

Ek het nie die moed gehad om Hans reguit te sê dat hy die verkeerde rigting gekies het nie. Ek het gehoop dat hy dit self sou ontdek.

Hans het maar oral saamgegaan. Ek bedoel, hy het sy verskyning by die skemerpartytjies gemaak, 'n glasie wyn gedrink en dan gewoonlik vroeg verskoning gemaak en gaan slaap.

En toe kom die verjaardag van een van ons kollegas.

Boyd was 'n ryk man – agt jaar aan sy B.A. gewerk, en buiten dat hy 28 brandewyne in vier uur kon wegslaan, was dít die grootste prestasie van sy lewe.

Boyd se „landgoed" was so 'n paar myl buitekant die stad, en Hans moes seker op pad daarheen verdwaal het, want toe hy die aand daar aankom, was almal al lekker gaar. Toe hy inkom, het mev. Boyd haar arms om sy nek gegooi en hom hartstogtelik verwelkom. Ek kon nie sy gesig sien nie, want sy het hom vinnig kroeg toe gevat. 'n Rukkie later het Hans darem weer uit die bondel gekom, met 'n glasie bier in sy hand. Ek kon sien dat hy ontuis was. Ek het daardie gevoel baie goed geken. Op sulke oomblikke kom lastige herinneringe baie sterk na vore: die ou plaas, jou vader en moeder, 'n flou kerslig en 'n mot wat daaromheen draai terwyl Vader uit die Bybel lees ...

Hans het afgepyl op sy gasheer wat in die een hoek van die vertrek al sy kragte ingespan het om staande te bly. Ek het ook nader gestap. Toe begin Hans praat oor die tekort aan dollars, die protektorate, en hy wou net begin oor die soewereiniteit van die parlement, toe Boyd net een maal snork, sy oë bottoe maak en soos 'n dooie os reg agteroor neerslaan. Niemand het omgekyk nie. 'n Vrou het êrens vieslik gelag. Ek het my glasie neergesit, Hans by die deur uitgestoot en gesê dat ons maar liewer moes ry, want die „paartie" het begin.

Dit was omtrent 'n maand later toe Hans een môre hier teen tienuur se koers nog nie op kantoor is nie. Ek was onrustig, want hy was nou eenmaal nie die persoon wat sonder 'n geloofwaardige rede een minuut laat sou kom nie. Toe hy eindelik opdaag, kon ek sien dat daar iewers groot fout was.

Ek het maar niks uitgevra nie. Hans het self vertel. Sy verlowing was uit!

Die arme man het die woorde gesê soos iemand wat 'n belydenis doen net voor die galgtou om sy nek gesit word.

„Wat moet ek nou doen, ou Piet?" vra hy.

„Dinge probeer regmaak, ou man. Sulke dinge gebeur," probeer ek antwoord.

Ek het nie gehou van liefdesake nie, veral nie van verlowings en huwelike wat sommer so tot niet raak nie. Dit het my te veel herinner aan myself, my eie lewe.

„Maar Hans, wat het dan gebeur? Ek bedoel, wat is nou eintlik die rede?"

„Niks, ou Pieter, hoegenaamd niks – vyf jaar lank. En toe sê sy gisteraand vir my ons sal nooit bymekaar pas nie, want ek is te veel van 'n gentleman. Ek wou nog verder praat, maar toe haal sy sommer die ring af en sê ek moet haar verskoon, sy het 'n afspraak vir die aand ... Dit het so onverwags gebeur, ou Piet, ek kan dit nie begryp nie ..."

Ek het Hans verstaan. Al die jare het sy lewe soos 'n gelykmatige stroom gevloei omdat hy geglo het aan 'n reguit lewe en nou het die eerste stroomversnelling gekom, onverwags; iets het met hom gebeur wat nie met daardie soort mens gebeur nie. Ek kon sien Hans het verwag dat ek raad moes gee.

„Jy's nie gebreek nie, Hansie. Glo alles, maar net nie dat jy gebreek is nie. Ek kan jou verseker, so maklik breek mens nie. Ek kan praat, want ek weet. As 'n mens so maklik kon breek, dan was ek al fyn en flenters."

Hans het na my gekyk met 'n vraende blik.

„Het dit met jou ook gebeur?"

„Ja, Hans, en toe – wel, ek het nie gebreek nie. Jy sien, vir my was dit amper erger, ek was getroud ..."

Hans het nie reggekom nie. Na 'n ruk het hy begin kla dat hy snags wakker word van so 'n snaakse pyngevoel op sy maag, en as hy dan 'n sny brood eet, is die pyn oor. Die pyn het erger geword. Hans het 'n dokter gaan raadpleeg, en toe 'n radioloog. Dit was 'n maagseer. Hy moes 'n maand vakansie gaan hou.

Ek het hom aangeraai om na sy ouers se plaas te gaan. Ek het altyd geglo dat 'n Bosveldplaas alles kon genees, mits daar geen vrou of drank saam met jou op die plaas is nie.

Maar Hans het lus gehad vir die see. Ek het geweet waarom. Hy wou snags op die rotse sit en dan saam met die golwe peins oor sy ellende.

Ek het daardie soort ding geken. Selfbejammering is in staat om 'n mens gelukkig te laat voel!

Hans is Durban toe, en ná 'n maand het hy teruggekom – 'n nuwe mens. Ek het net besluit dat my teorie nie juis was nie, toe die eintlike oorsaak van Hans se blakende gesondheid vir my duidelik geword het. Hans se oë het soos twee albasters geblink: „Sy is die wonderlikste vrou, ou Piet; ek het haar daar op die strand ontmoet, een aand toe ek so bitter alleen geluister het na die verlatenheid van die see. Ek het sommer met haar begin praat. Sy het net soos 'n nimf nader gesweef en langs my kom sit, soos in 'n droom, ou Piet – ek kon dit nie glo nie. Na alles wat met my gebeur het ..."

Hans was duidelik in ekstase. Ek het niks gesê nie, net geluister, sodat hy maar goed uitgepraat raak.

„En toe vra ek haar of sy saam met my iets wil gaan drink – ek het gereken tee of so iets, maar die naaste kafee was so ver, toe gaan ons maar hotel toe ..."

Op hierdie oomblik het die telefoon begin lui. Dit was 'n hooflynoproep van Durban. Ek het die foon in Hans se hand gestop.

„Ja, dis ek, liefste, dis jou Hans wat praat ..."

Ek het opgestaan en uitgeloop. Ek kon dit nie verstaan nie, die hopie as in my asbak, dit het so snaaks gelyk – een oomblik nog gegloei, en toe was dit net as: vaal, dooie as ...

Die telefoon het in die week wat gevolg het, omtrent net vir Hans gelui. Ek moet sê ek kon dit nie glo nie.

Twee weke later is hy weer Durban toe vir die naweek. Die Maandag toe Hans die kantoor inkom, het hy 'n groot rooi pak duur sigarette uitgehaal en my een aangebied. Ek het bang gevoel vir Hans. Snaaks, want ek het self gerook, en ek was tog nie bekommerd daaroor nie, maar Hans het nooit gerook nie en toe ontmoet hy 'n engel en hy begin rook.

Dinge het vinnig gebeur. Hans het nie meer Sondae kerk toe gegaan nie. Dit was net briewe skryf, lang briewe met stringe aanhalings uit digbundels.

Intussen het Boyd weer 'n jaar ouer geword. Hans het dié keer gebly tot die einde van die party, dit wil sê tot dagbreek, en daar was net een rede waarom ek bly was dat hy dronk was – hy kon nie sy motor dieselfde nag Durban toe bestuur nie.

Hans het 'n week verlof gekry en verloof gaan raak. Toe moes hy ses maande werk om verlof te kan kry om te gaan trou.

Ek sou sy vrou eers sien ná hul wittebrood. Ek kon dit nie verklaar nie, maar ek was bang om haar te ontmoet.

Ek het nie die dae getel wat Hans weg was nie, maar toe ek een aand 'n klop aan my deur hoor en Hans meteens sy verskyning maak, het ek geweet dat hulle wittebroodsmaand in elk geval nog nie om was nie.

Hy was nie getrek nie, maar ek het lank voor hy begin praat het, geweet dat die trein van die brug afgeval het.

„Jy het gelyk gehad, ou Piet, 'n man breek nie so maklik nie, nè."

Ek het vir my 'n stywe dop geskink net om die beeld van die hopie as in my asbak te vergeet. Hulle was presies tien dae getroud toe hy sy vrou en die hoteleienaar betrap het …

„Weet jy hoe dit voel, ou Piet? Weet jy hoe so iets met 'n mens maak? En sy was nie eens skaam daaroor nie, asof dit iets alledaags is in haar lewe, 'n gewoonte soos eet en drink … En ek het haar so liefgehad, so verskriklik baie … Kyk net, ou Piet, my troufoto's, kyk net hoe wonderlik lyk sy …"

Ek het haar herken lank voor ek die foto in my hand gehad het. Ek het bewus geword van 'n pynlike brandgevoel tussen my vingers. Toe druk ek die stompie dood. Hans het my vraend aangekyk, net soos daardie keer toe hy my vertel het dat sy verloofde hom gelos het.

„Ja, Hans, 'n mens breek nie so maklik nie. Ek weet, ek kan praat. Jy sien … ek was met hierdie einste vrou getroud gewees …"

REDAKSIE

POSBUS 692
TELEFOON 2-9381

Telegramadres
,,DRUKPERS"

Die Burger

Kaapstad

14 Julie 1955.

Mnr. Pik Botha,
Dept. van Buitelandse Sake,
Uniegebou,
<u>PRETORIA</u>.

Geagte mnr. Botha,

Baie dankie vir ,,Die Einde van 'n Storie", wat na my eenvoudige mening iets heel besonders is. Baie geluk daarmee. ('n Tjekkie sal u binne enkele dae bereik.)

Wat ons met die ding gaan aanvang, weet ek in dié stadium nog nie, want dit is byna twee keer langer as wat ons kan akkommodeer. U kan nietemin doodseker wees dat ons ,,Die Einde van 'n Storie" nie sal afknou nie.

Andermaal baie dankie.

Met agting,

G.C. Theron
Redakteur
<u>DIE BYVOEGSEL</u>.

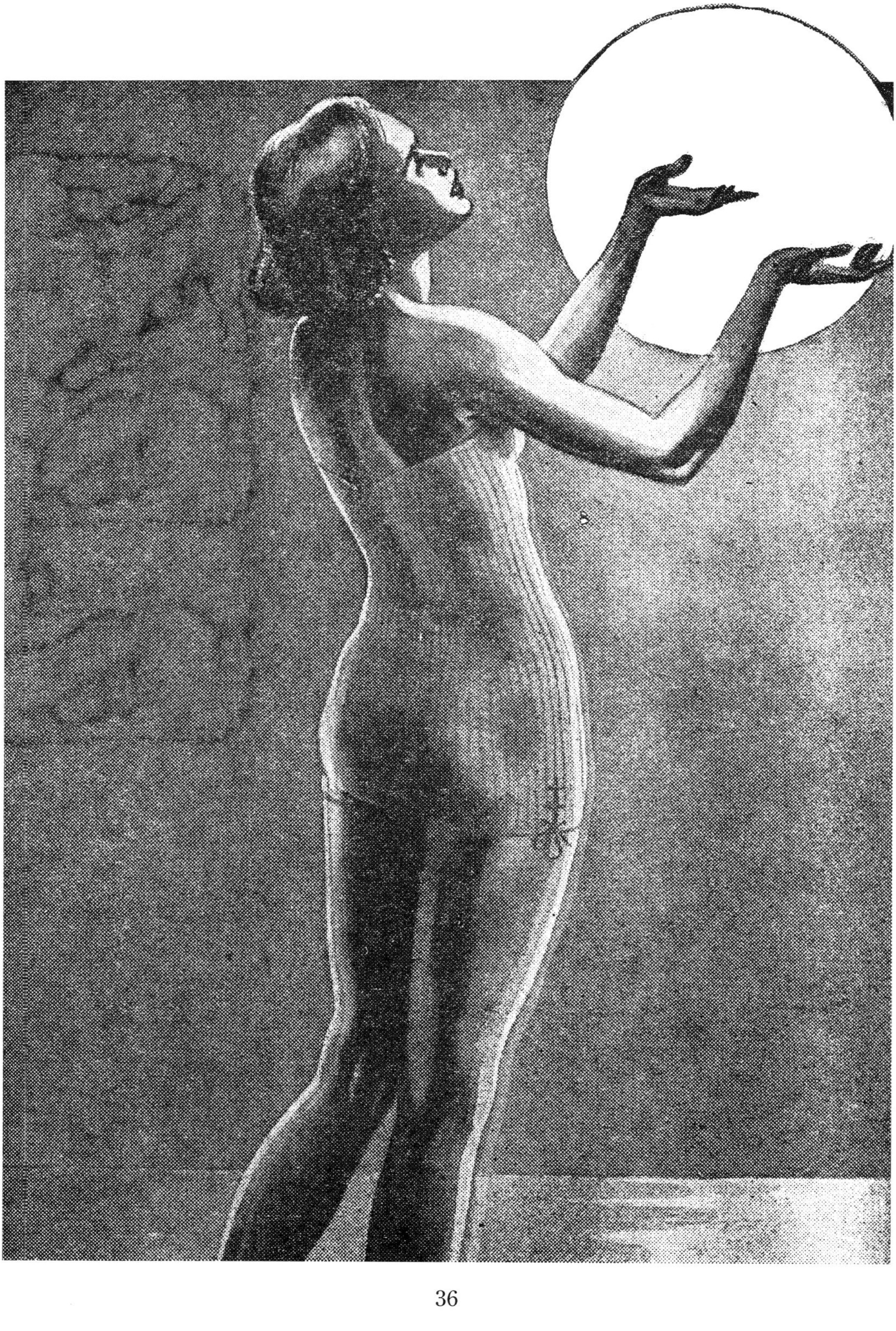

Die einde van 'n storie

Ek wil vertel van die geswoeg van storieskrywers om eindes vir hul stories te kry. Gestel u vat 'n tydskrif, kyk na die inhoudsopgawe en kies een van die kortverhale om te lees. U sal miskien eers na die illustrasie kyk en dan begin lees. Het u al gedink waarom u nou eintlik die storie lees? Ek bedoel, as u nou al 'n entjie gelees het, dan hou u aan met lees omdat daar 'n einde aan die storie is. Daar is baie maniere om 'n storie te begin; kyk maar na die manier waarop ek myne begin. En as 'n mens eenmaal 'n oorspronklike tema beet het, kan jy dae lank daaroor skryf. Maar geen leser sal 'n storie wil lees as die storie sonder 'n einde is nie. En dit is nie al nie: hulle gaan nie jou storie vat as die einde sommer net 'n gewone, alledaagse einde is nie.

As my storie nou byvoorbeeld is dat Jacques Javaanse by sy pragtige huis in Wynberg in sy groot, swart motor klim en reguit Navigator's Den toe ry en ek laat my storie eindig net daar waar Jacques Javaanse by die Navigator's Den stilhou en tee en toebroodjies bestel, dan sal reeds die tikster wat die ding moet tik, agterkom dis nie 'n storie nie ...

Nou ja, teen hierdie tyd behoort dit duidelik te wees dat wat ek eintlik wil sê, is dat 'n storie se byt in sy einde lê, en dit is die ding wat die skrywer die meeste hoofbrekens besorg. Moet nou nie dink ek is besig om hier 'n lesing te lewer oor die vereistes van die kortverhaal nie. Ek wil net hê u moet dit onthou wanneer ek u nou gaan vertel van die boek wat ek geskryf het tot net voor die slot en toe nie kon klaarmaak nie, omdat die einde nie wou pas nie.

Miskien sal u dan ook begryp wat ek bedoel met die vereiste dat 'n storie se angel in sy slot moet wees ...

Nadat dié storie van my boek maande lank in my kop gemaal het, het ek besluit dat dit tyd geword het om te begin skryf. Ek het ses weke verlof gekry en gereken as ek elke dag net tien bladsye kon skryf, sou ek darem minstens oor die driehonderd voltooi kon hê voor my verlof verby is.

Maar ná die eerste drie dae was ek nog net by hoofstuk een, paragraaf een. Die laaste vriend, vyand en renegaat het ewe skielik besluit om my te besoek en as daar nie 'n geklop aan my deur was nie, dan het die posman vir my 'n dagvaarding van 'n skuldeiser gebring wat 'n sekere bedrag geld voor 'n sekere datum geëis het of ... nou ja, ek het eenvoudig besluit dat ek in der ewigheid nooit my boek in sulke toestande sou kon skryf nie.

Dit het my presies 'n verdere twee dae gekos om 'n paspoort te kry en nog sewe uur om van Pretoria na Lourenço Marques te ry voor ek eindelik rustig op die Polana-strand met my skrywery kon begin. Daar was geen besoekers nie, maar vir hierdie stilte sou ek duur moes betaal, want dit het beteken dat dit somer was en in die somer steek 'n muskiet jou elke vyf sekondes in Lourenço Marques. Ek het 'n stuk muskietnet gaan koop en bedags daaronder in my tentjie geslaap en snags gewerk.

Dinge het sommer goed begin gaan. My storie het op Sisilië afgespeel, ook langs die see en snags as dit stil was, met die tropiese lewe rondom my en die stem van die see so naby my, was my hand te stadig om my gedagtes neer te skryf.

Ek het 'n tema gekies waarvan mense sou

hou. Ek wou hê die mense moes my boek lees – dit beteken geld!

'n Franse skilder, Henri Duval, wil die meesterstuk van sy lewe in die helder sonlig van Sisilië gaan skilder. Aanvanklik kan hy maar nie besluit watter vorm sy meesterstuk moet aanneem nie. Die gevoel brand in hom om te skep, om iets ewig-volmaaks op 'n doek te vergestalt, maar sy denke weier om konkreet en beeldend uiting te gee aan sy gevoelens.

En dan, een aand ... die maan is vol en groot, die see is stil. Henri Duval het 'n ent gaan stap en meteens sien hy dit – absoluut volmaak, die beeld! Tussen 'n paar swart, los rotse staan die silhoeët van 'n droë boom teen die agtergrond van die loodsilwere seehorison met twee van sy takke effens na bo gebuig soos 'n naakte vrou wat bid. Die kunstenaar het lank gekyk. Hy wou elke vlak van die prent indrink uit vrees dat dit dalk verlore sou gaan. Hier was die kans van sy lewe! Die gevoel was daar en nou het die beeld gekom.

Maar die volgende môre was die boom weg. Die vissersdorpie se mense was arm. Hulle het droë hout nodig. Henri het besluit om die boom deur 'n mens te vervang. Hy sou een van die vissersmeisies kry om te poseer net soos die droë boom, naak met haar hande smekend na die oerdieptes van die see. Hy sou dit noem: Die gebed van die eensame vrou!

Haar naam was Maria. Sy was nie skaam nie, want Henri het goed betaal. Hulle het elke aand gewerk as die maan opgekom het, want Henri het geweet hy sou hard moes werk om klaar te kry voor die maan se lig te swak word.

En toe het hy agtergekom dat Maria mooi is. Hy het geveg teen die gevoel. Dit was die eerste keer dat hy op sy model verlief geraak het, maar hy kon nie loskom nie, sy het soos die see vir hom geword, dieptes in haar oë waarin hy wou wegsink, haar hare waaiend in die koel seebries, lokkend soos golwe wat ritmies onophoudelik aanspoel.

„Die gebed van die eensame vrou" was al voltooi, maar Maria moes nog poseer. Daar was die een skilderstuk ná die ander en toe het sy een aand aan Henri gesê dat sy 'n baba verwag. Die werklikheid het stadig tot hom deurgedring. Hy was getroud. Sy vrou het vir hom in Parys gewag. Hy het besluit om dit nie vir Maria te vertel nie. Hy sou teruggaan na Parys, van sy vrou skei en dan met haar kom trou. Hul liefde was soos die see, ewig, groot, skeppend.

Maria het verstaan dat hy eers van sy skilderye wou gaan verkoop. Sy sou vir hom wag ...

Maar Henri het hom misreken met sy vrou. Hy het eers gaan bieg en toe gevra. Sy vrou het dadelik geweet dat sy mag het oor die situasie. Hy moes nooit gebieg het nie. Sy het geweier om van hom te skei. Ná 'n paar maande kon Henri dit nie meer uithou nie. Hy is weg uit Parys met die vaste voorneme om met Maria te gaan trou of hy nou ook al mag of nie.

Maar hy het haar nooit weer gesien nie. Haar moeder het vertel dat sy gewag het, maar toe hy nie terugkom nie, het daar 'n ander man gekom. Hulle is getroud. Dit was beter so. 'n Kind moet 'n pa hê.

Henri gaan daarna weer terug Parys toe en as hy daar aanland, bied sy vrou hom 'n egskeiding aan op grond van sy owerspel en eis 'n paar duisend pond skadevergoeding en onderhoudstoelae ...

Dit was kortliks die storie van my boek soos ek dit uitgedink het. Maar die einde het nie plofstof gehad nie. Ná twee nagte was ek klaar met hoofstuk een, wat ek laat eindig het waar Henri die aand op die strand gaan stap het op soek na 'n idee.

Ek was moeg en dit was al laat in die nag. Die seelug het onder die tentklap deur gelok. Die strand was verlate. Ek kon ver oor die wit seesand heen kyk, want daar was 'n maan en sy lig het op die deining van die golwe rondgespoel. Die tema van my storie het nog deur my kop gemaal en toe sien ek haar ...

Sy was sommer net daar, links van my op 'n hoë sandduin. As sy my gesien het, het sy gemaak of sy my nie sien nie, want toe ek nader stap, het sy rats die see ingetrippel en al in die maanlig geswem, dieper en dieper. Ek het onrustig geword. Dit was betowerend, maar nadat ek my verlede ontleed het, het ek tot die oortuiging geraak dat ek nie met die helm gebore is nie, want sover ek kon onthou, het ek nog nooit die gawe besit om bonatuurlike dinge te sien nie. Ek het ingespring en agterna geswem om die vroumens te probeer keer as sy dalk selfmoord wou pleeg, want sy was toe al goed so 'n kwartmyl die see in. Sy moes agtergekom het dat iemand haar agternasit, want ná 'n rukkie het sy omgedraai en begin terugswem. Ons het mekaar omtrent so halfpad ontmoet. Ek het aangeneem dat sy Portugees was en al hygend van die ent se swem so hoflik as moontlik „Bon noite" gegroet. Toe kom die tweede skok toe sy in Afrikaans „Goeienaand, Meneer" antwoord.

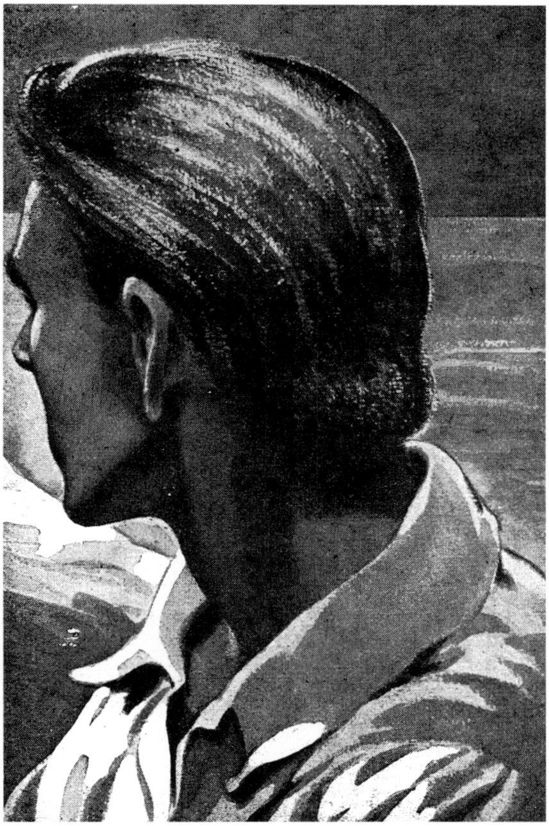

„Ek is jammer, e ... e ... Juffrou, as ek u swem bederf het, maar sien, ek ... hoe sal ek nou sê ... sien ek ..."

„Jy het gedink ek wil myself om die lewe bring en toe besluit jy om 'n held te word en my te kom red," voltooi sy my sin.

As dit donker was, sou ek beledig gevoel het, maar op daardie oomblik het die maan die druppels op haar lippe soos sjampanje in kerslig laat vonkel en haar oë was verborge.

Voor ons op die strand terug was, het ek al geweet dat haar naam Retseh is, of „Hester omgedraai" – soos sy gesê het – en dat sy 'n tikster is by 'n skeepsmaatskappy in Lourenço Marques wat baie sake met Unie-invoerders gedoen het en graag 'n Afrikaanse tikster wou hê wat moes help met stukke wat in Afrikaans opgestel moes word.

„En wat is u naam, Held van die Nag?" vra sy.

„O ek ... my naam? Noem my sommer Gerhard ... maar hoe lyk dit met 'n koppie koffie hierdie tyd van die nag ... ek bedoel, ek kampeer hier bo en as u meen ek is nie 'n té groot wolf nie, sal dit lekker wees om ..."

„As dit net by koffie sal bly, sê ek ja ..."

'n Stem binne-in my het waarskuwend gepraat. Êrens was iets fout. Sulke dinge gebeur net nie. Ek behoort dit te weet, ek laat sulke dinge in my stories gebeur, maar dan is dit ek wat die meisiemens skep en haar na willekeur laat verdwyn net soos dit my tema pas.

Terwyl ek besig was om die primusstofie se gaatjie oop te kry, het sy reguit na my tafeltjie geloop en sommer begin lees waar ek laas opgehou skryf het ...

„O so, dan is my held nog 'n skrywer boonop!" Daar was iets aangenaams in haar verrassing.

„Ag, Juffrou, ek bedoel Retseh, moenie jou te veel steur ..."

„Maar natuurlik, jy is die skrywer Gerhard

Kemp. Is dit 'n nuwe boek?"

„Ek is bevrees ja, maar dit is nog nie 'n boek nie."

„Ag toe nou! Van wanneer af is skrywers so beskeie oor hul pogings ...?"

Sy was ontsettend mooi. Ek het 'n ongekende vreugde ervaar deur net na haar te kyk. Sy het 'n noodlottige aantrekkingskrag gehad. Elke beweging was meer as 'n beweging en het my in 'n omwentelingsbaan rondom haar bestaan vasgevang. Nadat sy weg is, het ek hoofstuk twee van my boek begin waar Henry sy „gebed van die eensame vrou" op die strand ontdek. Die woorde en sinne het met my weggehardloop. Ek het Henri volkome verstaan.

Die volgende aand was sy weer daar en ons het weer gaan swem en koffie gedrink. Ek het nog nooit in my lewe so lekker gewerk nie.

Die derde aand was hoofstuk vier al klaar. Retseh het aangebied om die manuskrip te tik so vinnig as ek kon skryf.

Na 'n week was daar al driehonderd bladsye klaar. Ek was in my skik en het voorgestel dat ons een aand moet wegbreek en 'n bietjie gaan dans.

Ons het na die Alcantara Café gegaan. Daar was dowwe ligte teen die mure. Die wyn was baie rooi, die glans soos haar lippe. Ek het begin besef dat die skyn waarmee ek so lekker kon speel, my gevang het. Ek het 'n karakter geword in 'n storie en iewers was daar 'n mag wat my soos 'n kaartman gehanteer het, net soos hy wou en net soos dit die tema van sy spel sou pas. Ons het die nag geweldig geniet en toe ek haar wegbring na haar hotel, het sy styf teen my aangeskuif soos iemand wat liefhet en beskerm wil word teen die werklikheid van die verlorenheid wat ontnugtering mag bring.

„Gerhard?"

„Ja, Retseh?"

„Ek wonder net: die einde van jou boek, hoe gaan die einde wees?"

Ek het gesidder toe sy dit vra. Die manier waarop sy „einde" gesê het, was meedoënloos, amper soos wanneer 'n mens van die dood praat ...

„Wel, om eerlik te wees, Retseh, dit is juis wat my hinder. Sien, dis gewoonlik 'n skrywer so grootste moeilikheid, die slot van sy verhaal. Die ding is dat die leser vandag iets skokkends wil hê. Dis nie meer soos in die ou dae toe 'n mens sommer al jou karakters vir altyd lekker kon laat voortlewe nie ..."

Toe ek voor die hotel stilhou, het sy 'n oomblik geweifel. Dit het gelyk asof sy nie wou uitklim nie.

„Wil jy al gaan slaap, Gerhard? Ek het net gedink ons kan bo-op die berg op die terrasse gaan stilhou, dan kyk ons na die see daar ver onder ons ... as jy wil?"

Net 'n gek sou wou gaan slaap en ek was nie 'n gek nie. Ek het haar vertel dat ek haar liefhet. Ek het nie baie gesê nie; mooi woorde bêre ek vir my verhale. Haar lippe het my weggevoer en ek het in haar warm lewe soos 'n drenkeling verdwyn. Dit was of ek haar gevind het aan die poorte van dieselfde hemel waaroor ek my lewe lank gedroom het. Eers baie later toe die maan al onder was, het ek geweet dat ons iewers, ver agter die sterre, eenmaal een moes gewees het ...

Die volgende aand was sy nie tuis nie. Ek kon dit nie verstaan nie. Die nag was oneindig lank. Ek het al die nagklubs deurgesoek, maar kon geen spoor van haar vind nie. 'n Vreeslike vrees het my beetgepak.

Ek het die volgende môre na die maatskappy waar sy gewerk het, se kantore gegaan, maar sy was ook nie daar nie. Die bestuurder was vriendelik. Hy het vertel dat sy glo die vorige aand laat gewerk het en iets gepraat het van 'n boek wat sy vir 'n skrywer moes tik. Hy kon nie begryp waarom sy nog nie op kantoor is nie, sy bel altyd as iets gebeur het en sy nie kantoor toe kan kom nie.

Ek het nog 'n rukkie gewag. Toe vra ek hom of ek in haar kantoor kon gaan kyk of sy nie dalk 'n boodskap gelaat het nie. Die boodskap was daar, langs haar tikmasjien, netjies getik:

Liefste Gerhard

Ek het gedink dit sal beter wees so. Ek bedoel … die einde. Jy het gesê dis 'n skrywer se grootste probleem. Nou kan jy jou boek laat eindig soos hy moet eindig, soos die leser wil hê hy moet eindig.

Vergewe my, ek het nie geweet dat jy getroud is nie.

Jou

Retseh

My verbystering het nie lank geduur nie. Toe ek uitloop, het iemand 'n koerant aan my verkoop waarop haar foto groot gedruk was soos koerante maak wanneer iemand se dood groot nuus is …

***

U sal onthou dat ek gesê het die einde van 'n verhaal gee 'n storieskrywer baie hoofbrekens. Dis waarom ek nooit my boek kon voltooi nie – die einde, ek kon dit nie skryf nie. Sien, ek was nooit getroud nie, maar in my leertas was daar saam met ander papiere 'n brief van my tweelingsuster wat geskryf het dat sy na my verlang en dat die kinders my mis.

Menslike motiewe

Ben Human het gewag tot die kroegkoor stil geraak het voor hy hom omgedraai het om te sien wat aan die gang is. Hy is al lank genoeg in Rio de Janeiro om te weet dat 'n mens in Da Concierca se kroeg nooit vinnig moet omdraai nie. Enige vlugtige beweging trek aandag en die man wat aandag trek in dié kroeg kry selde weer die kans om dit lewendig te doen.

Dit is 'n onheilspellende kroeg. Op die patroon van Alibaba se grot met seerowerlanterns teen die growwe klipmure. Aan die een kant van die halfmaanvormige toonbank het 'n man gestaan en voor hom het nog een gesit. Eers as dit doodstil is, praat die man wat staan asof hy soos 'n akteur gewag het dat sy gehoor tot bedaring moet kom:

„Ek sê, Pablo, gaan jy vir my 'n dop koop of nie ...?"

„Carlos, jy het baie voorbarig geword vandat ek jou laas gesien het!"

„Antwoord my vraag, Pablo! Gaan jy vir my drank koop of nie?"

„Hier mag die een of ander sot wees wat dit sal doen, maar nie ek nie, Carlos."

Vir 'n oomblik dink Ben terug aan sy skooldae daar ver in die Bosveld naby die Matlabas. So het hulle altyd daar gebaklei, maar net met die vuiste ...

Carlos het hard begin lag, sy kop omhoog gegooi, soos 'n hiëna met sy voorpote teen 'n miershoop. Nou was dit nog net 'n kwessie van wie die vinnigste kon skiet. Carlos het die voordeel gehad dat hy gestaan het. Hy het Pablo 'n skoot deur die maag gejaag en uitgeloop. Die mense het weer begin drink. Ben het betaal en uitgeloop.

Niemand het hom veel daaraan gesteur dat Pablo nog lewe nie. Hy sou tog oor 'n rukkie doodgaan, en die een wat so goedhartig sou wees om hom hospitaal toe te vat, sou sy dokters- en begrafniskoste moes betaal.

Agter Ben het die swaaideure van die kroeg krakend heen en weer geswaai, al stadiger. Hy het aan Pablo gedink wat ook nou stadig doodgaan. Hy wonder of Pablo dit weet, of hy kan voel hoedat sy liggaam swakker word, hoedat 'n vreemde mag oor hom toesak, sy oë dowwer en dowwer raak. Miskien veg hy daarteen, probeer hy sy liggaam aan die lewe dink, mens bly. Miskien het hy 'n vrou, kinders ... dit moet swaar wees om tussen 'n klomp dronk mense alleen dood te gaan.

Da Concierca het die voordeel gehad dat hy gestaan het. Hy het Pablo 'n skoot deur die maag gejaag en uitgeloop. Die mense het weer begin drink...

Ben was altyd so. 'n Sielkundige het eenmaal vir hom gesê hy ly aan morbiede introspeksie, gepaard met 'n skuldgevoel dat hy só 'n groot sondaar is dat daar vir sy siel geen hoop op redding kan wees nie. Hy kon hom nooit aanpas by die samelewing nie, omdat hy, volgens die sielkundige, te fyngevoelig en fynbesnaard was. Hy sou wilder moes lewe as hy gesond wou word, het die sielkundige hom aangeraai.

Ben kon die ding nie mooi begryp nie. Hy het altyd gedink dat hy 'n soort duiwel was, bestem vir die hel, en toe kom 'n geleerde man en sê vir hom hy is te goed, 'n engel! Maar Ben het van die man gehou. Dit was lekker om iemand te ken wat dink dat jy 'n engel is as jy self nog altyd gedink het dat jy 'n duiwel is. Ben het geluister en wilder gelewe. Hy het ontdek dat die sielkundige reg was. As 'n mens sleg wil wees, is daar amper geen perke nie. Net die dood begrens in 'n sekere sin 'n mens se sedelike wegsinking ... en toe daar vir hom nog net die dood oor was, het hy die pad gevat. Suid-Afrika het vir hom te klein geword. Hy het Rio de Janeiro liefgekry. Niemand het hier die verskil tussen goed en sleg bestudeer nie. Almal was goed. Ook hy. Daar is iets hemels in dié soort lewe. Niks is vir jou werklik groot nie, omdat jy niks het om te verloor nie, behalwe jou lewe, en dit sal jy ook nie verloor solank jy nie geld het en met vroue deurmekaar raak nie ...

Die kroeg se deur swaai oop en Pablo word soos 'n sak sand uitgesmyt. Sy kop klap teen die klippaadjie. Bloed sypel deur sy klere, vars bloed wat Ben kan ruik, soos dié van 'n skaap wat keelaf gesny is. 'n Oomblik twyfel hy. Dan sien hy die tweehonderd voet hoë beeld van Christus op die Corco Vadis, verlig teen die donker bergagtergrond. 'n Oerverlange na pynloosheid ontbrand in hom. Hy voel soos 'n skip wat koersloos ronddobber in 'n see van droefheid en ellende. Sy lewe voel leeg, ontsettend leeg.

Dan besluit hy dat Pablo moet lewe. Hy wink 'n huurmotor nader ...

„Hospitaal toe," beveel hy die bestuurder langs hom.

Dit was al oor middernag toe die operasiesaal se deure eindelik oopgaan en Pablo op 'n lang wit trollie uitgestoot word ...

„Sal hy lewe, Dokter?" vra Ben dadelik.

„Is hy jou broer?" vra die dokter ontwykend. Ben skud sy kop ontkennend.

„Nou waarom is jy dan so begaan oor sy lewe?"

Dit is juis die ding, besef Ben, die vraag wat hy self nie kan beantwoord nie. Hy weet nie. Hy voel net die man moet lewe en hy moet die een wees wat sy lewe red. Dis of 'n onverklaarbare mag hom dwing om dit te doen ... of miskien is dit sy skuldgevoel, 'n poging om die leegheid van sy nuttelose wegvlugbestaan te vul ... dis die soort gevoel waarteen die sielkundige hom gewaarsku het ...

„Dit sal geld kos om hom te laat lewe, Señor," gaan die dokter voort. „Ek het sy pankreas verwyder, die koeël het dit beskadig. Sonder 'n pankreasklier kan geen mens lewe nie, nie lank nie. Oor 'n paar dae sal hy suikersiekte hê ... en dan sal hy doodgaan. Al wat hom kan red, is insuline en ons voorraad is so oud dat dit dalk giftig sal wees. Ek kan nie die kans vat nie, want dan sê die mense ek het hom doodgemaak."

„Maar is daar dan niks wat gedoen kan word nie, moet die man nou maar net doodgaan?"

„As jy geld het, Señor, kan jy amper alles doen. Jy kan vars insuline gaan haal, maar jy sal dit ver moet gaan haal, op 'n plek waar die mense bang is om dood te gaan en daar genoeg vars insuline is ..."

„Watter plek sal hê?" val Ben hom in die rede.

„O, ek sien die Señor het geld ... dan sê ons maar Miami. Honderd botteltjies 5 cc sal 'n paar maande hou ..."

Daar was 'n vliegtuig na Miami die oggend om tien minute oor vyf en die goedkoopste retoerkaartjie sou 27 000 cruzeiros kos. Hy het presies 5000 in sy sak gehad ...

Dan skiet dit hom te binne: die Casino Estrellitad. Hy twyfel geen oomblik nie, hy kan maar 'n verdere 50 cruzeiros op 'n huurmotor uitgee, want hy sal dit terugkry op die dobbeltafels ... die snaakse mag wat hom hierdie ding vannag laat doen, sal hom daar ook help.

Hy het 'n rukkie na die malende gang van die wiel staan en kyk totdat die nommers leesbaar geword het en toe het hy nommer 35 gesien, geen ander nommer nie, net 35. Dit was asof die nommer sy oë met magnetiese krag aangetrek het. Hy het geweet hy was reg, iets sou hom help, vir hom wys waar hy sy geld moes stoot.

Die wiel het weer begin draai, die balletjie het mal rondgedans, soos die duiwel se handgeklap geklink, en toe in die hokkie van nommer 35 gaan lê. Mense het rondom hom begin vloek. Ben het sy geld afgehaal en toe hy opkyk, is dit of die groot horlosie teen die muur se wysters soos vingers wys na 11 en 1 ... vyf minute voor een, maar vir hom het dit net een betekenis gehad en dit is dat sy volgende nommer 6 moet wees.

Dan draai die wiel en klater die balletjie al stadiger en stadiger ... en kies nommer 7. Die wiel draai nog, die balletjie dans rond, raak aan die kante van die vlak hokkie asof hy nie tuishoort in nommer 7 nie en eindelik rol hy dan oor en gaan lê tevrede in die ronding van die syfer 6.

Hy moet nie twyfel nie, nie nou nie! Hy het nou die bewys. Dan sien hy dit weer duidelik asof dit al is wat hy moet raaksien. Die nommer 19 in groot, swart letters op 'n wit emaljeplaatjie. Dit dring tot hom deur dat dit 'n plaatjie is wat op een van die casinotafeltjies staan, maar as tafelnommer het dit nie die minste waarde vir hom nie, hy weet net dis die nommer wat hy moet speel.

Eers later, toe die vliegtuig ver bokant die donker bosse voortdreun, het hy besef dat hy baie geld gewen het en dat sy besluit om Pablo se lewe te red, die regte was. Hy het ook nie meer gewonder waarom hy dit moes doen nie. Hy het dit aanvaar soos 'n skip die gang aanvaar waarin die skipper hom stuur. Vir die eerste keer in sy lewe het hy gevoel dat hy iets werd is. Dit was 'n wonderlike gevoel. Diep binne-in hom was die jarelange onrus stil; die gevoel van angs, van nêrens heengaan, was weg. Hy het nou 'n vaste doel gehad. Wat gaan gebeur as die doel verwesenlik word, het nie saak gemaak nie, in elk geval nie nou nie ...

Die pakkie insuline was nie te groot nie. Hy het dit sommer by hom in die vliegtuig gehou. Die terugvlug was oneindig lank.

By die hospitaal het hy die dokter net betyds voorgekeer toe hy in sy motor wou klim. Die dokter het die deur van sy groot motor oopgemaak om in te klim asof hy Ben nie raakgesien het nie.

„Maar, Dokter, die botteltjies, ek het dit hier, honderd van hulle ... jy het dan gesê ... Pablo. Dis vir Pablo, ek het dit gaan haal in Miami, nou kan hy lewe. Spuit dit nou in, ek het geld, baie geld, ek sal betaal ..."

Die dokter het nie na Ben gekyk nie, sy oë het gesoek na die sleutelgat van sy motor.

„Señor, geld kan baie dinge doen, maar nie lewendig maak wat dood is nie ... ek is jammer, Señor ..."

Dit het donker om Ben geword. In sy ore was 'n gesuis soos 'n rivier wat afkom en alles in sy pad meesleur na nêrens. Hy voel moeg ... Dan het hy tog geen doel gehad nie, dan was alles verniet, soos sy lewe. 'n Verskietende meteoor wat wegvlieg in die donker ewigheid, koersloos na nêrens ... terug na die kroeg nou. Pablo se kroeg, terug na sy eie doelloosheid, na die leemtes van glase wat leeggedrink is ...

Sy plek was oop op die end van die toonbank asof dit vir hom bespreek was. Hy is te verward om te dink en hy wil ook nooit weer dink nie, voor hy kan begin dink, moet hy dronk wees ... En dan weerklink die skaterlag van Carlos skielik deur die kroeg soos die eggo van 'n duiwelse simfonie. Ben bly stip voor hom kyk. Carlos kom stadig nader. Hy kan elke voetstap hoor op die klipvloer.

„Draai om as ek met jou praat." Ben weet dat hy met hom praat. Hy draai stadig om en kyk stip in Carlos se oë in.

„Waar is Pablo?" vra Carlos driftig. Ben sê niks nie, bly net kyk na die figuur voor hom. Carlos se vingers trommel op die kolf van sy pistool. Dan sê hy:

„Jy was onnosel, Señor, baie onnosel. Jy was te openlik skelm. Pablo was slimmer as jy en hy kon my nie ontvlug nie. Ek en Pablo het saamgewerk om al daardie goud in die hande te kry ... vyftien lang, verdomde jare van my lewe in die Groen Hel rondgedolwe, en toe het Pablo my verneuk en jy het dit geweet.

Daarom wou jy sy lewe red ... hy het jou vertel waar die geld weggesteek was en toe het jy skielik Miami toe gevlieg ... jy moes daar gebly het, Señor ..."

Carlos gee 'n man nie lank kans nie. Ben weet dit, hy kan dit sien in die ronde loop van sy pistool. Die waarheid sal belaglik klink. Maar vir 'n paar dae was die lewe vir hom die moeite werd.

Die skoot roggel deur Ben se longe. Hy ruik kruit, dan voel dit of kokende lood deur sy borskas skeur en ver omhoog in 'n skemermistigheid sien hy Carlos se wit mieliepittande lag ... hy sink weg deur eindelose ruimtes, verder, die pyn word stiller ...

Die brandende sigaret rol uit sy vingers tot in 'n plassie bloedrooi wyn waarin die gloeiende kooltjie met 'n sisgeluid verdwyn.

DIE **Huisgenoot**

(Uitgegee deur Nas. Tydskrifte, Bpk.)

DIREKTEURE: MNR. H. R. MALAN, MNR. J. DE LA R. DU TOIT, BESTURENDE DIREKTEUR: DR. C. F. ALBERTYN.

TELEFOON: 3-4831
TELEGRAMADRES:
„HUISGENOOT"

WAB/RK

Posbus 1802,
KAAPSTAD.

30 September 1955.

Mnr. R.F. Botha,
Dept. van Buitelandse Sake,
Uniegebou,
PRETORIA.

Geagte mnr. Botha,

i/s: LOFTUS VERSFELD EN DAARNA...

Baie dankie vir hierdie gawe speurverhaal, wat ek nou klaar gelees het. As dit 'n kortverhaal was, sou ons u die maandelikse prys daarvoor toegeken het. Maar ons las die £5. maar by die gewone betaling vir die verhaal. Ook nie om dowe neute nie, want ek vra u somaar nou of u nie nog sulke speurverhale kan skryf nie. Dit besit alles wat goed is. Probeer 'n klein bietjie korter -- so 12,000 woorde is 'n beter lengte vir ons.

Laat ons weet hoe u voel en vorder, en ontvang ons tjek nogmaals met 'n opregte dankie.

Met beste groete,

NAMENS DIE REDAKTEUR.

Loftus Versfeld en daarna

As daar te veel mense is wat maak soos ek, sal ek self nooit 'n toetswedstryd te sien kry nie. Ek bly by my woonstel tot so 'n halfuur voor die hoofwedstryd moet begin, trek dan my oudste klere aan en laat vat rugbyveld toe. Met die eerste toets het dit geslaag. Ek het 'n plek langs die veld gekry geen tien tree van die kantlyn af nie, en dit het my presies vyf sjielings gekos.

Die dag op Loftus was dit dieselfde storie. Ek het oor drie die middag by die hek ingestap sonder om 'n pennie te betaal en toe rondom die paviljoen geloop en my kanse eers goed deurgekyk. By al die ingange het die mense gestoei en gespook soos 'n spul Afrikanerosse in 'n drukgang. Net waar jy kyk, het polisie gestaan om die draadklimmers buite te hou.

Terwyl ek nog daar so rondgestaan het, het ek hoofkonstabel Van den Bergh herken. Hy was skynbaar in bevel by die ingang waar ek gereken het die kanse om in te kom darem nie heeltemal nul was nie. Ek het die hoofkonstabel goed geken. Ek is 'n speurder.

„Gaan maar woes hier, nè?" begin ek.

„Ja, en nou is jy ook nog hier!" antwoord die oubaas.

„Maar ongelukkig in gewone klere," skimp ek verder.

„Toe maar, Bosmantjie, jy is so skelm dat jy nie 'n uniform nodig het om die wedstryd te kan sien nie, en ek sweer jy het ook nie 'n bloue duit betaal om in te kom nie!"

Ek het van hoofkonstabel Van den Bergh gehou. As hy jou 'n skelm genoem het, was dit 'n kompliment.

Intussen het ek die stellasie bokant ons goed deurgekyk en my sitplek gekry. Een van die balke het amper twee voet verby die kant van die heining van die paviljoen gesteek. Om daar te kom, sou ek egter by die jong konstabeltjie wat op die bopunt van die paviljoen soos 'n vuurtoring gestaan en waak het, verby moes klouter. Ek kon natuurlik van die hoofkonstabel se vriendskap ook gebruik maak om daar te kom, maar dit sou onregverdig wees.

'n Klompie skoolseuns het heel agter in die ingang vergeefs probeer om deur die toegekoekte hek in te kom. Ek moes net die konstabeltjie se aandag een minuut kon wegkry van my sitplek af! Die wal van die paviljoen het skuins na agter afgeval. Ek het nader gestap en aan die seuns gesê hulle moet links van die konstabel teen die wal uitklouter, dan sou hulle die wedstryd van bo pragtig kon sien. Dit het geslaag. Die kluite het woes afgerol soos hulle klim. Die konstabel het omgekyk en hulle triomfantlik ingewag. Ek het opgeklouter en gaan sit. Links van my het die seuns baie mooi gesoebat, maar die konstabel wou niks weet nie.

„Maar 'n oom daar onder het vir ons gesê ons kan hier kom staan," verduidelik die een knaap vir al wat hy werd is.

„Moenie daai *jaan* op my probeer nie, boetie! Ek sê nou die laaste maal, af hier, of ..."

Ek het ewe belangrik omgekyk en aan die konstabeltjie gesê dat hy die seuns maar kon laat deurgaan. Hoofkonstabel Van den Bergh het gesê hulle moes daar probeer opkom. Die knapies het hulle plekke gekry.

Die voorwedstryd was nog aan die gang. Langs my binne die heining het 'n jong Johannesburger met 'n rooi gesig gesit en langs hom 'n bleek, maer blondine met 'n lang swart broek en granaatrooi lippe. Die Johannesburger het nie van my poging gehou nie.

„I saw exactly what you did!" en hy gee 'n snork soos 'n vark wat van sy kosbak weggestamp word terwyl sy bleek metgesellin hom bewonderend aanstaar. „... And what's more, I'm shôre you didn't pay one single penny te get up here."

Ek het hom nie geantwoord nie. Hierdie kuns het ek van 'n vorige nooi geleer. Ek het nooit so magteloos gevoel as die kere dat ek haar ingevlie het en sy my net eenvoudig geïgnoreer het dat ek doer lê nie.

Ek het 'n pragtige uitsig gehad. Die rugbyveld het my laat dink aan die groen van die eerste gras ná 'n voorbrand op ons plaas op die Hoëveld.

Behalwe Rooigesig en Kie. was die ander mense rondom my doodreg. Uit die gepraat kon ek aflei dat die mense voor my Vrystaters was. Die een oom wat aandagtig en met meedoënlose akkuraatheid repies biltong sit en kerf het, het vertel dat Popeye Strydom 'n agterkleinkind van sy oorle swaer se broerskind was!

Verder regs was 'n groep Rhodesiërs wat suiwer Afrikaans gepraat het.

Almal was vrolik. Dit is die moeite werd om na 'n toetswedstryd te gaan kyk net om die mense te hoor en te sien.

Reg voor my het 'n student gesit. Daar was baie studente, maar hierdie een het soos 'n normale mens doodstil gesit. Ek bedoel hy het vir my snaaks voorgekom, so asof hy geen die minste belang in die rugby gehad het nie.

Ek weet nie waarom nie, maar iets omtrent hom het my gehinder. Hy het gedurig rondgekyk asof hy iemand verwag het, maar daar was geen plek oop êrens in sy nabyheid nie.

Onder het die mense nog steeds gespook om in te kom. Daar was oorgenoeg plek om binne te staan, maar die geheim was om by die volgepropte ingang te kon inkom. Ek kon geen verklaring uitdink vir hierdie onnoselheid van die mense nie.

Twee jong mans het agter die konstabel probeer oorklouter en is net betyds betrap.

„Terug, Menere!"

Die een ou trek 'n worshondgesig en sê: „Maar hoe de duiwel moet ons dan die wedstryd sien? Dis onmoontlik om by die hek in te kom!"

„Loop oor die mense of seil onder hulle deur," gee die konstabel raad.

Ek het die twee dopgehou. Hulle het die konstabel se raad net so uitgevoer. Die een het op die agterste ou by die ingang se rug gespring en eenvoudig reguit vorentoe geduik en toe hy op die mense se koppe beland, hard geskreeu. Dit mense het hom soos 'n bokseil rondgeslinger totdat hy eindelik voor tussen die skoolkinders langs die veld tot ruste gekom het.

Die ander een het die „seilteorie" aangehang, plat op sy maag gaan lê en vorentoe begin beur tussen die eerste bene deur. Ek moet sê hy het goed gevorder totdat ek net 'n gil hoor en 'n mooi, jong nooi die lug sien opspring. Haar kêrel was briesend.

„So, dan is dit die moderne manier om aan 'n meisie se been te vat, nè ...!" Die arme kêrel het, rooi van die stof, na bo gebeur net om 'n hou op sy mond te ontvang, en toe weer afgesak en voortgeseil. Ek het hom nie weer gesien nie.

Die snaakse student voor my het weer my aandag getrek. Sy vingers het gebewe toe hy 'n sigaret aansteek. Daar was geen rede om te bewe nie. 'n Mens raak eenvoudig net nie opgewonde gedurende 'n voorwedstryd van 'n toets nie, behalwe as jy 'n meisie is en jou kêrel speel in die wedstryd.

Eindelik het die eindfluitjie geblaas. 'n Opgewonde gesuis soos om 'n bynes het oor die skare gehang. En toe kom Cliff Morgan met sy span soos rooimiere uitgepeul onder die hoofpaviljoen. Ek het afgekyk na die student. Hy het heeltemal links soekend na die mense gestaar. Toe kom Stephen Fry en sy manne. Die student het nog steeds links gekyk. Êrens het iets geskort. Die spel het begin en ek het probeer vergeet van hom.

Die Engelse het in ons halfgebied geboer, en toe kom die bal soos blits uit die skrum binne in Morgan se mandjie-bakarms en uit na Davies en Butterfield, en toe Griffiths ... soe maar dit was amper!

Die student het teleurgesteld na sy leë pakkie sigarette gekyk en dit toe opgefrommel en weggesmyt. Ek het hom op die skouer getik. Hy het gewip soos hy skrik. Hy het die sigaret wat ek hom aangebied het, gretig aanvaar. Sy vingernaels was stomp afgekou asof hy in groot spanning verkeer het. Hy het moeg gelyk. Bloedaartjies het soos sifdraad oor die wit van sy oë versprei.

Die spel het voortgegaan. Die Engelse het knaend aangeval. Die student voor my het my bly hinder. Sy hande was nie 'n oomblik stil nie. Toe sien ek hy kyk stip na regs, na die kant van die paviljoen, maar ek kon niks opvallends gewaar nie. Die mense het mal geword toe Rosenberg amper deurbreek. Die student het half vooroor gebuk. Dit het gelyk of hy vir iemand wegkruip. Ek het weer regs gekyk, maar kon niks sien nie, behalwe 'n skraal man met 'n bruin hoed taamlik laag oor sy oë getrek, wat stadig sy weg deur die mense aan die kant van die paviljoen gebaan het.

Die student het vinnig orent gekom en reguit na die man gekyk, en toe weer vooroor tussen die mense probeer skuil. Die sweet het op sy hande uitgekom en agter in sy nek het druppels begin vorm.

Die man met die bruin hoed het al nader gekom. Niemand het hom daaraan gesteur nie. Daar was in elk geval gedurig mense wat op en af van die paviljoen beweeg het. Die student het weer geloer en ek kon sweer die man het hom 'n oomblik stip in die oë gekyk voordat hy weer begin aansukkel het na bo, nog steeds in die rigting van die student. Die student het vlugtig links en regs gekyk en vir homself 'n pad in sy gedagtes uitgewerk voordat hy baie vinnig grond toe begin klouter het. Ek het skoon van die rugby vergeet.

Toe die ander kêrel bo kom, het die student onder grondgevat en haastig tussen die mense deur uitgevlug hek se kant toe. Die man met die hoed het hom fyn dopgehou om te sien waar hy uitgaan en toe 'n klein spieëltjie uitgehaal en drie kort flitse teen die sonlig in die rigting van die hek gestuur ...

Ek het gesê ek is 'n speurder. Om welslae te kan hê, moet ons nuuskierig wees. Ek het vir een van die kêrels wat nog steeds onder op die grond voor die ingang 'n loerplek probeer oopveg het, gewink om op te klim en my sitplek te kom vat.

Ek het geweet hoe om vinnig tussen die mense te beweeg. Toe ek by die hek kom, was die student omtrent vyftig tree voor my aan die ander kant in die paadjie wat noord van Loftus Versfeld in Parkstraat uitloop.

In my kort loopbaan as speurder het ek een belangrike reël geleer: Jy moet in 'n openbare plek nooit vinnig beweeg nie. Dit trek altyd aandag. „... en onthou," het majoor Bastiaanse aan ons in die depot gesê, „daar is ander mense wat ook hierdie reël ken!" Dit was so. Die student was al amper in Parkstraat toe twee groterige mans by my by die hek verbyskuif en op hul gemak agter die student aanstap. Ek het geweet dat hulle nie om dowe neute Parkstraat toe pyl nie.

Ek het die ander hek gekies en die linkerkantste paadjie gevat. Ek kon die student nog sien. Regs van my, skuins na voor, het die twee mans geloop. Toe sien ek nog 'n „bruinhoed-man" in Parkstraaat opgestap kom, en nog een van die ander kant af. Die student het vasgesteek op die sypaadjie en verbouereerd omgekyk. Ek het op my hurke gaan sit en gemaak of ek my skoenveters vasmaak terwyl ek die toneel voor my die hele tyd dopgehou het.

Dinge het vinnig gebeur. Die student het 'n rewolwer uit sy sak gepluk. 'n Vrou tussen 'n groepie mans wat daar verbygeloop het, het gegil. 'n Konstabel wat 'n entjie verder gestaan het, het op die student afgestorm, maar dit was te laat. Die student het die rewolwer reg onder sy ken ingedruk en sy knieë het amper saam met die slag van die rewolwer onder hom ingevou. Die mans wat hom gevolg het, het net so verbaas as die ander mense voorgekom.

Ek het hulle dopgehou. Hulle het in die bondel saamgedrom, 'n oomblik gekyk, simpatiek geknik en toe weggestap.

Daar was niks wat ek kon doen nie. Die student het homself doodgeskiet. Net ek het gedink dat hy op 'n snaakse manier gevolg is. Speurders is so. Hulle sien altyd 'n verband tussen gebeurtenisse wat los van mekaar staan.

Aan die ander kant, die kêrels wat ek gedink het op die student se spoor was, kon net sowel gewone rugbygangers gewees het.

Die man met die spieëltjie wou dalk net sy gesig bekyk. Jy kry sulke mans.

„Ek stem saam," sê ek aan myself sonder om te besef dat ek met myself saamstem! Ek was besig om oorsaak en gevolg soos skaakpionne in my gedagtes rond te stoot en het op die punt gestaan om terug te gaan en te gaan kyk hoe die Springbokke verloor toe ek 'n ambulans se sirene hoor.

Ek het nader gestap. Die ambulans het van die onheilstoneel vertrek en die mense het weer begin koers kry. Ek het die konstabel gevra of hy die ambulans laat kom het. Hy het gesê nee. Ek het na my sigaret gekyk. Dit was nog nie eens 'n kwart weggerook nie, en ek het die sigaret opgesteek net voor die student homself doodgeskiet het. Ek rook tien minute aan 'n sigaret; dit wil sê vandat die skoot geklap het totdat die ambulans stilgehou het, het daar uiters drie minute verloop. Die naaste ambulansstasie is omtrent twee myl van die plek af. Die ambulans kon nooit so gou daar gewees het nie, dit wil sê as iemand eers ná die voorval gebel het.

Ek het nie gesien hoe die Engelse die derde toets wen nie.

Ek het geweet dat majoor Bastiaanse by die rugby was en het stadig opgestap tot in Kerkstraat om 'n bus na my woonstel in die stad te haal. Eers hier teen sesuur se kant het ek die majoor gebel.

„Wat wil jy nou weer hê, Bosman? Jy moenie nou lol nie. Ek voel sleg oor die derde toets ..."

Dit was sonder twyfel my baas!

„Majoor, ek is op die spoor van iets ... iets baie snaaks! Vanmiddag by die voetbal, e ... e ... daar was 'n man met 'n bruin hoed op, laag oor sy oë getrek ..." Ek het nie geweet hoe om die saak behoorlik te verduidelik nie.

„Jy lees te veel stories, Bosman! Kom spreek my Dinsdag, ná die naweek, en as jy enige spore wil volg, gaan help die Sringbokke om Morgan s'n te probeer soek!"

„Asseblief, Majoor! Ek wil nie lastig wees nie. Net ietsie gou vra. Ek moet dit dadelik doen," probeer ek vir oulaas.

„Nou praat dan maar." Die effense daling in die toonhoogte van die oubaas se stem gee my bietjie moed.

„Ek wil net 'n lasbrief hê om iemand se lyk te gaan ondersoek, Majoor. Asseblief, Majoor?"

„My liewe hemel, Bosman, kan jy oor niks anders dink as lyke nie! Wil jy nou 'n dokter word? Wie se lyk is dit nou weer?" Die majoor klink darem ten minste 'n bietjie nuuskierig, dink ek.

„'n Student, Majoor ... snaakse geval ... het homself geskiet, maar ek dink daar is iets anders wat, wat, e ... u weet, hoe sal ek sê, dit lyk nie heeltemal pluis nie!"

„Waar het hy hom geskiet?"

„By die rugby, Majoor!"

„Ook geen wonder nie, ek voel ook so. Maar bring 'n vorm saam en kom gesels met my. Kom dadelik, Bosmantjie, want kolonel Swanepoel en sy vrou kom nou-nou vir my kuier en dan wil ons nie met lyke te doene hê nie."

Die majoor het ingedagte geluister terwyl ek my storie aan hom vertel het, en toe sy pyp stadig uit sy mond gehaal:

„Ek dink jy's laf, Bosman. Maar ek was ook jonk en ook laf. Gee die vorm dat ek teken en moenie my weer lastig val voor Dinsdag nie, het jy gehoor?"

„Ja, Majoor, en dankie, Majoor. Goeienag, Majoor!"

Die nagsuster het my na die dodekamer geneem. Die dokter het nog nie die lykskouing gehou nie. Ek kon niks snaaks kry nie behalwe dat die student se onderste baadjieknoop afgeruk was.

Dit kon natuurlik enige plek by die rugby die middag gebeur het, byvoorbeeld toe hy van die paviljoen afgeklim het, maar ek het tog goed gekyk na die rafelrige gaatjie waar die knoop uitgeruk was. 'n Klein stukkie van die baadjie is saam uitgepluk, swartblou materiaal met rooi en geel strepe tussenin. Dit was al wat ek in my notaboekie kon neerskryf.

In die gang het ons die huisvader van die koshuis waar die student tuis was, raakgeloop:

„Is u 'n dokter?" vra hy toe hy sien ons kom uit die dodekamer.

„Nee, ek is van die polisie, net 'n roetine-ondersoek kom doen," lieg ek.

„Wat het gebeur? Was u by? Is dit nie verskriklik nie!" stamel die man.

„Nee, ek weet nie, Meneer. Het ook maar gehoor die arme kêrel het homself geskiet. Maar sê my, wat is sy naam?" vra ek.

„Ben Jacobus Liebenberg," antwoord die ou huisvader waardig en plegtig. „Hy het Fisika gestudeer. Baie deeglike student. Dit was sy laaste jaar ..."

Ek het nag gesê en geloop.

Die volgende op my program was die ambulans. Die bestuurder het vertel dat hulle ingeluister het na die rugby toe die telefoon gelui het.

„Dit was 'n manstem. Al wat hy gesê het, was dat iemand omgery is in Parkstraat, naby Loftus Versfeld. Ons het dadelik gegaan en toe ons daar kom, het ons 'n klein seuntjie gekry wat deur 'n motorfiets omgery was, en net voor ons hom hospitaal toe wou bring, het iemand ons geroep na 'n bondel mense 'n entjie verder gewys en gesê dat daar nog een was om op te laai. Dit was die kêrel wat homself geskiet het."

Ek het nie verder geluister nie. Ek was weer terug waar ek was. So, dit verklaar dan waarom die ambulans so gou op die toneel was. Miskien was ek tog maar net laf, soos die majoor gesê het ...

Dié nag kon ek nie aan die slaap raak nie. Ek het myself probeer wysmaak dat alles doodgewoon plaasgevind het en dat ek net aan 'n oordrewe verbeeldingskrag ly. Maar die man met die bruin hoed en spieëltjie het telkens in my gedagtes teruggekom. En dan was daar die student se angs, en toe die skiettoneel. Dit was kompleet asof hy besef het dat hy vasgekeer was. Hy moes natuurlik die twee kêrels in Parkstraat van weerskante af sien aankom het, en toe hy hom omdraai, was die ander twee agter hom. Dit het gelyk of hy eers na hulle wou skiet, maar toe gil die vroumens en die konstabel storm op hom af ... hy was vasgekeer. 'n Netwerk is om hom saamgetrek. Hy het nie rugby toe gegaan om rugby te sien nie, maar het gevlug vir iets. Hy is agtervolg deur die man met die hoed oor die oë. Waarom? Daar was baie moontlikhede. Hy kon 'n lid gewees het van 'n bende, of so iets. Studente is dikwels stout en doen dinge impulsief, wat jou laat wonder of 'n universiteit werklik die plek is waar die intelligentsia van ons land saamgetrek is.

Ek sou eers sy ouers wou ontmoet voor ek verder gevolgtrekkings maak, besluit ek. En natuurlik sy kamer in die koshuis ook deursoek! Ek moes al eerder hieroor gedink het. Daar kan dalk ander mense ook wees wat sy kamer wil besoek of reeds besoek het om getuienis te verwyder.

Dit was al oor twaalf die nag. Daar was geen rede waarom ek nie dadelik sy kamer kon gaan bekyk nie.

Ek het die koshuis gebel. Ná omtrent tien minute het iemand vakerig geantwoord:

„Dagbreek hier!"

„Dit spyt my om jou so laat uit die bed te jaag, Meester, maar ek is 'n bietjie in die knyp. Ek skryf Dinsdag 'n toets en Ben Liebenberg het nog van my lesings."

„Ben Liebenberg!" Die stem het geskok

geklink. „Maar weet jy dan nie, ou Ben het vanmiddag selfmoord gepleeg."

„Onmoontlik!' antwoord ek. „Waar, hoe? Wat het dan gebeur?"

Dit was interessant om die student se weergawe van die saak te hoor. Die kêrel aan die ander kant het dadelik aanvaar dat ek 'n vriend van Ben was. „Kom kyk dan maar môre of so in sy kamer. Niemand sal nou graag tussen sy goed wil kom krap nie. Sy ouers kom ook môre. Jy weet seker waar sy kamer is, dis nommer 71 onder in die gang net om die hoek."

„Nou ja, baie dankie, dan sal ek maar later gaan kyk," sê ek en sit die gehoorstuk neer.

Kamer 71. Ek het oor twee die nag by die koshuis aangekom. Almal het geslaap. Ek het ingestap. Die lang sementgang af. Die kamerdeur was toe, maar nie gesluit nie. Ek het 'n sakdoek om my flits gebind en eers die kamervenster oopgemaak en toe die gordyne versigtig toegeskuif. Ek gaan nooit 'n kamer alleen binne sonder om heel eerste die venster oop te maak nie.

Dit was 'n tipiese studentekamer. Op die tafel was 'n ouerige tikmasjien. Ek het in die klerekas my soektog begin. In sy baadjiesakke was net bioskoop- en buskaartjies. In die tafellaaie was aantekeningboeke. Ek het dit vlugtig deurgeblaai. Daar was talle oop bladsye soos

hy lesings gemis het. Toe val die een boek wat ek net wou begin deurblaai, skielik oop op 'n paspoort.

Voor-in was 'n foto van Ben Liebenberg, en daarna het 'n hele boel stempels gevolg van plekke wat hy besoek het: Lourenço Marques, Nairobi, Zanzibar, Kaïro, Sierra Leone, Livingstone. Op die volgende bladsy gaan dit voort: Leopoldstad, Elisabethstad en Mogadisjoe. Ek merk dat die datums van die verskillende stempels met 7 tot 14 of 21 dae verskil. Dit beteken hy het net naweke gereis en hy was altyd binne twee of drie dae weer terug. Dit wil sê hy het per vliegtuig gereis.

Ek het die paspoort in my sak gesteek en verder gesoek. In die ander laaie kon ek niks kry wat lig kon werp op die reise van Ben Liebenberg nie. Daar was net 'n spul vraestelle en toetsantwoorde. Bo-op sy tafel het 'n skryfblok gelê en teen die muur was 'n toetsrooster. My oog het toevallig op die datum 15 Mei geval. Dit het bekend gelyk. 15 Mei ... ek kon sweer dat ek die datum iewers gesien het. „15 Mei, Fisikatoets, prof. Taikoff" staan op die toetsrooster. Dan val dit my by van die paspoort. Ek het dit uitgehaal en oopgeblaai. Daar was dit duidelik: „15 May 1955 IMMIGRATION DEPARTMENT, LIVINGSTONE, N. RHODESIA."

Ek het deur sy toetspapiere gesoek en ná 'n hele rukkie die betrokke toets gekry. Die antwoorde was netjies uitgeskryf en bo-aan, in rooi potlood, 93 persent soos die professor punte toegeken het.

Ek het geweet dat ek iets gekry het wat my gedagtes nie meer so laf laat lyk het nie. Ek het die deur saggies oopgestoot en wou net uitloop toe die kamerdeur regoor nommer 71 oopgaan. Ek het vinnig teruggespring.

„Wie is hier ...?" het iemand in die gang gevra. Gelukkig dat ek die venster oopgemaak het toe ek ingekom het, dink ek. Ek het geduik en my arms en knieë stukkend gerasper toe ek buite op die gruis te lande kom. Toe die lig in die kamer aangeskakel word, was ek al om die hoek waar dit pikdonker is.

Nadat ek 'n rukkie doodstil op my maag langs die muur gelê het, het ek opgestaan en geloop. Dit wou net begin lig word toe ek by my woonstel aankom. Ek was moeg en het dadelik ingekruip.

Die volgende middag het ek Ben se ouers by die hospitaal ontmoet. Hulle was ontroosbaar hartseer en kon nie begryp wat met hulle seun gebeur het nie. Hy het volgens hulle so mooi gevorder. Altyd hoë punte op universiteit behaal en sou die einde van die jaar sy graad met lof kon kry, het sy professor self aan hulle vertel. Hulle het laat blyk dat hulle niks geweet het van Ben se rondryery oor Afrika nie. Ek het simpatiek geluister en gegroet.

Die volgende môre het ek my plan aan majoor Bastiaanse uitgelê. Ek wou verlof hê om as student te gaan inskryf by die universiteit, sodat ek onder die studente self en sonder om agterdog te wek, agter die geheim van Ben se gereelde reise kon kom. My enigste argument wat iets beteken het, was dat Ben Liebenberg op 15 Mei in Livingstone was terwyl hy volgens sy toetspapiere op daardie dag 'n toets in Fisika geskryf het waarvoor hy 93 persent gekry het.

Die majoor het breed geglimlag en ingestem: „Dit lyk my jy het tog iets beet, Bosmantjie. Ek gee jou 'n week om so te maak, en as dit lyk of jy iets meer kan uitkrap, kan jy maar aanbly op die saak."

Ek het my snor afgesny en gaan inskryf as student vir die B.Sc.-graad in Fisika. Nuwe registrasies het al gesluit, maar die registrateur het geduldig na my geluister terwyl ek vertel het dat ek al die jare moes werk en net die vorige maand genoeg geld bymekaar gekry het om te gaan studeer. Hy het belowe dat hy sou kyk wat hy vir my kon doen. Intussen moes ek maar die lesings solank bywoon.

Ek het vinnig maats gemaak en Fisikaboeke gelees. Gaandeweg het ek alles van prof. Taikoff en Ben Liebenberg te hore gekom.

Taikoff het bekend gestaan as die Tsaar van Rusland vanweë sy Russiese herkoms. Hy was meedoënloos streng. Ben is eenvoudig deur die ander studente as 'n genie aanvaar omdat hy elke jaar 'n onderskeiding in prof. Taikoff se vak kon losslaan.

„En dan moet jy weet, ou Ben was 'n snaakse ou," vertel Boudjies van der Merwe een middag toe ek weer oor Ben uitgevra het.

„Hoe so?" vra ek.

„Man, die ou het soms mos so oor 'n naweek verdwyn en dan twee of drie dae weggebly. Hy het glo altyd gaan ryloop. Was baie lief vir die natuur, dié ou."

Boudjies van der Merwe en ek het langs mekaar in die klas gesit. Ek het niks van die klaslopery gehou nie. Dit was uiters vervelig. Veral ou prof. Taikoff se klasse. Hy het die lesingkamer eenvoudig ingestap en sonder om môre te sê sy lesings begin dikteer, en so voortgegaan tot die periode om was en dan net weer verdwyn. Hy het min van homself laat sien. In die klas is niemand toegelaat om vrae stel nie. As jy iets nie begryp het nie, moes jy hom tydens sy spreekure in sy kantoor besoek. Ek het die indruk gekry dat die studente daar is omdat die professore daar is, en nie andersom nie.

Op die een of ander manier moes ek 'n voorwendsel vind om Taikoff se kantoor deur te kyk. Ek moes weet watter verhouding daar tussen hom en Ben Liebenberg was. Ek was derhalwe verplig om Boudjies van der Merwe se boek te leen en het 'n paar uur lank aan die vak geleer om darem iets te begryp. My plan was om Taikoff dan die volgende môre in sy kantoor te besoek en hom te vra om 'n probleem te verduidelik wat ek nie kon verstaan nie. Die tydjie wat die majoor my as „student" gegun het, het kort geword en ek wou ten alle koste daardie „iets meer" uitkrap wat die majoor sou oorreed om my langer aan die saak te laat werk.

Die volgende oggend was ek gereed vir prof. Taikoff. Ek moes drie maal klop voor hy geantwoord het.

„Môre, Professor, dit spyt my om u lastig te val ..."

„Stel jou probleem en los die vriendelikheid

maar uit," snou hy my toe sonder om op te kyk van die koerant wat hy gelees het.

„Daardie vraag van vanmôre, Professor, die staaf wat op sy swaartepunt gebalanseer word. U het gesê dat 'n gewig van agttien pond, twee voet vier duim vanaf die swaartepunt gehang word terwyl daar aan die ander kant 'n gewig van drie pond gehang word een voet ses duim van die swaartepunt af. Die vraag is dan hoe ver van die ewewigspunt 'n gewig van veertien pond gehang moet word om die staaf in ewewig op die swaartepunt te hou."

Taikoff het nie baie ingenome gelyk met my vraag nie.

„Is jy die student wat so laat ingeskryf het vanjaar?" vra hy.

„Ja, Professor."

„Nou ja, kom kyk dan maar hier."

Ek het nadergestaan. Hy het die staaf geteken met die swaartepunt en verskillende gewigte en afstande daarop gemerk.

„Lyn AB is die eweredige staaf, punt C is die ewewigspunt. Die staaf is in balans op hierdie punt. Nou hang ons 'n gewig van agttien pond hier by punt Z sodat die afstand tussen C en Z twee voet vier duim is. Aan die ander kant hang ons 'n gewig van drie pond sodat die afstand tussen punt Y waar die drie pond gehang word, en punt C presies een voet ses duim is. Nou ja, nou moet jy net sê hoe ver van punt C ons die gegewe veertien pond moet hang om die staaf in ewewig te hou op punt C ..."

Ek het nie baie aandagtig geluister nie, want ek wou soveel moontlik probeer sien wat daar te sien was in Taikoff se kantoor. Teen die muur was 'n foto van Einstein. Verder was die muur kaal en koud. Op sy lessenaar self het net 'n spul wetenskaplike boeke gelê.

„Nou ja, vir ewewig moet momente links gelyk wees aan momente regs. Momente is die gewig vermenigvuldig met die afstand in voet vanaf die swaartepunt ..."

Gelukkig het hy gedurig afgekyk na die vel papier waarop hy besig was om die probleem vir my te verduidelik.

'n Strepie sonlig het deur die venster tot in een van die laaie van sy lessenaar geloop. Ek het afgekyk en toe sien ek dit: 'n kleurbaadjieknoop wat soos 'n diamant geglinster het in die son in die hoekie van die laai. Ek het geen oomblik getwyfel nie. Dit was al wat ek die aand in my notaboekie geskryf het toe ek Ben Liebenberg se lyk ondersoek het. Die knoop het op sy ronde voorkant gelê en agter aan die ringetjie het 'n stukkie swart materiaal vasgesit met rooi en geel rafels tussenin, presies asof die knoop met geweld van die baadjie afgeruk is. Ek kon dit nie glo nie! Dit het te maklik gelyk.

Taikoff se stem het my gedagtes weer tot die probleem teruggebring.

„Nou ja, nou is dit kinderspeletjies. Ons stel x as die afstand wat die gewig van veertien pond vanaf punt C moet hang sodat die staaf in ewewig bly. Voeg nou net x in, dan kry jy:

$$
\begin{aligned}
14x\ (3 \times 1.5) &= 18 \times 2.3 \\
\text{Dus: } 14x &= 41.4 - 4.5 \\
\text{Dus: } x &= \frac{36.9}{14} \\
&= 2.6
\end{aligned}
$$

„Dus, die antwoord is twee voet sewe punt twee duim. Verstaan jy dit nou?"

Ek het my mond met 'n tuit getrek en na die stuk papier voor hom gekyk asof ek skoon verlore geraak het in sy tegniek en toe stadig met my kop geknik:

„Ek het hom, Professor! Nou begryp ek dit volkome. Dis wonderlik soos u darem kan verduidelik!"

Prof. Taikoff het effens geglimlag. Ek het dit as 'n prestasie beskou.

Ek het „iets" gekry en die majoor het saamgestem. Ek kon maar aangaan om 'n Tukkie te wees.

Die nag het ek gaan kyk na die slot van prof. Taikoff se deur. Dit was 'n knipslot. Ek het my versameling sleutels gaan haal, en ná 'n bietjie gevyl aan een van die sleutels kon ek die deur oopkry. Maar die laai was gesluit. Ek het nie die tipe sleutel gehad wat die ding kon oopsluit nie. Die knoop was in die onderste laai. Ek het die lessenaar van onder bekyk. Die laai het nie op 'n „vloer" ingeskuif nie, met die gevolg dat die boom van die onderste laai maklik verwyder kon word. Ek het die skroefies in 'n kits los gehad met my knipmes en die boom van die laai versigtig horisontaal gehou tot ek regop kon kom. Die knoop was weg!

Ek was teleurgesteld en opgewonde. Die knoop was my enigste stukke getuienis tot sover, maar die verdwyning daarvan het bewys dat iemand daarvan ontslae wou raak.

Liebenberg moes om die een of ander rede vir Taikoff sekere dienste lewer. Dit verklaar sy reise in Afrika. In ruil hiervoor het Taikoff dan vir Ben hoë punte in al sy toetse gegee. Daar was net nege Fisikastudente in die finale jaar, en ek het vasgestel dat hulle een-een toetse geskryf het omdat hulle ook praktiese toetse moes aflê. Dit wil sê die ander studente sou nooit kon weet of Ben Liebenberg werklik op die vasgestelde datums sy toetse geskryf het nie. Dit verklaar waarom sy een toets op dieselfde dag geskryf is as wat hy in Livingstone was. Al wat die ander studente wel gesien het, was die antwoorde, en dié was altyd perfek. Taikoff kon dit selfs vir hom uitgewerk het sonder dat iemand dit sou weet.

Dan was daar die knoop. Taikoff en Ben moes stry gekry het in sy kantoor en Taikoff het hom aan sy baadjie gepluk, die knoop het ongemerk in die laai geval. Verder: Ben was hierna benoud. Hy het besef dat hy iets verkeerds gedoen het en het dié middag rugby toe gevlug. Maar hy kon nie die „organisasie" ontsnap nie. Al die lede het rewolwers. Toe hy besef het dat hy vasgekeer was, het hy homself geskiet. Hy moes oortuig gewees het dat iemand anders hom tog in elk geval sou skiet.

Maar daar was nog talle vraagtekens. Ek het besluit dat ek eers 'n doel moes vind vir die „organisasie" wat ek uitgedink het.

In al my sake het ek so te werk gegaan: eers met behulp van die enkele leidrade wat daar op te pik was, sekere motiewe uitgedink wat die mense sou kon beweeg om op tree soos hulle opgetree het. Die motief is die ding wat die speurder probeer vind. En dit is merkwaardig hoedat dit altyd moontlik is om jouself in die string feite waarin die misdadiger hom bevind het, te plaas en net deur menslik te redeneer, antwoorde te vind op die baie vrae wat in alle misdaadsake opdoem.

Nege-en-negentig persent van alles wat deur alle eeue verkeerd geloop het, kan toegeskryf word aan:

1. vrouens;
2. drank;
3. geld.

Wat weer op sy beurt trane, skande en bloed ten gevolg het.

My gesag hiervoor is Salomo. Ten opsigte van nommer 1 sê hy:

„Begeer haar skoonheid nie in jou hart nie, en laat sy jou nie vang met haar ooglede nie ... Sy het hom verlei deur haar baie mooi praatjies, deur die gladheid van haar lippe het sy hom verlok."

Euwel nommer 2 het hy pragtig beskryf met die volgende woorde:

„Kyk nie na die wyn as dit rooiagtig lyk, as dit sy glans gee in die beker, glad na binne gly nie; op die end byt dit soos 'n slang en spuug gif soos 'n basilisk."

Derdens geld: „Hy wat geld liefhet, kry nie genoeg van geld nie, en wie rykdom liefhet, nie van inkomste nie; ook dit is dan tevergeefs."

Daar is vandag min maniere om ryk te word behalwe as jy geld op 'n perdewedren gewen het. Maar daar is baie ryk mense. Gevolgtrekking: daar is baie oneerlike mense. Die reg bestraf nie dade wat oneties is nie. Dis net dié wat te gretig is, soos Salomo gesê het, dié wat geld te lief het en nooit genoeg kan kry nie, wat sover gaan om, nadat hulle die primitiefste norms van die etiek oorskry het, regsreëls moet breek om nog meer te kry!

Ek het lank gedink en besluit dat ek in hierdie saak geld gaan probeer inpas as die ding waarom alles draai, met net so 'n halwe ogie op vrouens, wat ongelukkig uit 'n monetêre gesigspunt nooit heeltemal weggelaat kan word nie!

Maar ek sou nog baie meer moes weet. Baie meer as die vae bespiegelings waarmee ek tot dusver gespeel het.

Dit was 'n bietjie gevaarlik om 'n vertroueling onder die studente te soek om my te help. Ek kon dalk die verkeerde man kies. Selfs Boudjies van der Merwe het vir my te sag gelyk. Hy was die tipe wat dadelik vir sy aster sou gaan vertel dat hy gekies is as 'n speurder om die vreeslikste moord aan die universiteit te ondersoek, en sy sou dit vir haar vriendin vertel, en dié sou dit vir haar kêrel vertel, en binne 'n dag sou die hele universiteit vir Boudjies as die held beskou sonder om te besef dat daar geen moord plaasgevind het nie!

Intussen het ek nag vir nag langs prof. Taikoff se huis geboer en my oë seer gekyk deur die skrefies, maar hy het eenvoudig verseg om iets agterdogtigs aan te vang. Al besoekers wat hy gekry het, was die posman, en Saterdagmiddae 'n drankwinkel se afleweringswa. Hy was ongetroud. Dis die rede waarom die drankwa net een maal per week daar aangedoen het.

Ek wou net begin moed opgee, veral toe prof. Taikoff een môre afkondig dat ons oor drie dae 'n Fisikatoets sou skryf. Ek sou maar net mooitjies die werk moes leer as ek nie verdenking wou skep nie.

Tot my verbasing het prof. Taikoff nie self die toets afgeneem nie. Dit was 'n jongerige man wat ek nog nie vantevore gesien het nie.

Ná die toets het ek Boudjies van der Merwe gevra wie die kêrel was en gehoor dat hy glo doktor Jerrie Mulder was, Taikoff se assistent ...

„En waar kom hy nou skielik vandaan?" vra ek.

„O, Mulder, bedoel jy? Ja, natuurlik, jy het mos laat gekom, daarom weet jy nie! Jerrie doen al die ou Tsaar se moeilike werk, maar ons smaak hom sterk. Hy is 'n lekker ou, boer tussen die studente en maak saam met ons manne droog," antwoord Boudjies.

„Maar gee hy dan ook klas?"

„Ja, man, prakties vir die finalejaars, en verder stel hy die toetse op en Taikoff korrigeer dit net ..."

„Wat? Stel Taikoff nie self die vrae op nie?" vra ek verbaas.

„Nee, die Tsaar is mos te hardegat daarvoor, maar jy kan ook maar jou sterre dank, ou swaer, want anders sou jy alles gedop het."

Ek was nou heeltemal deur die wind. My verdenking van prof. Taikoff het net so deur die mat geval.

Daar was egter nog die knoop in Taikoff se kantoor wat die enigste verbindingsdraadjie was wat oorgebly het.

Boudjies was al op sy motorfiets. „En waar is Mulder se kantoor? Ek wil hom gaan sien oor een vraag wat ek nie kon klaarkry nie," skreeu-vra ek tussen die onaardse ontploffings wat sy motorfiets maak.

„Het nie een nie. Deel sommer die ou Tsaar se krot met hom. Jy sal hom nou daar kry. Die Tsaar is net in die môre by die universiteit, en Mulder smiddae vir die praktiese klasse."

'n Paar mooi asters het aangestap gekom en Boudjies het met 'n geweldige draai weggetrek en soos 'n moderne Tarzan om hulle geskiet.

Ek was skoon oorbluf. Daar was dus geen sinistere verband tussen prof. Taikoff en Ben Liebenberg nie. Jerrie Mulder was die man. Dit het heeltemal goed gepas. Hy het saam met die studente drooggemaak, soos Boudjies gesê het. Ek het nie omgegee oor die omruiling van verdagtes nie.

Dit was 'n lekker tyd van die dag om in die studente se klubsaal te verkeer. Ek het soontoe laat vat. Die twee asters op wie Boudjies so 'n indruk wou maak, het by my kom sit, by die enigste oop plekke wat daar nog was. Na 'n rukkie se stroefheid het ek myself voorgestel.

Die een was Henda du Toit en die ander Madeleine Hechter. Albei het van die Kaap gekom. Ons het lekker gesels. Madeleine het ontsettend naby my gesit. Ek het daarvan gehou. Haar oë was groot en sagbruin. Haar swart hare het lokkend op haar skouers afgegolf. As sy geglimlag het, het ek so 'n snaakse gevoel op my maag gekry. Die tipe vrou in wie se arms elke man graag sou wil doodgaan.

Henda is ondertussen na 'n ander groep en ek en Madeleine was nou alleen. Sy het my uitgevra oor my kursus, en toe sy hoor ons het so pas 'n Fisikatoets geskryf, was dit al of haar oë anders geword het.

„By Jerrie Mulder?" vra sy asof sy bang is om sy naam te noem.

„Ja. Hy's 'n lekker biel, nè?" antwoord-vra ek. Sy het niks gesê nie. Ek het dadelik geweet dat sy op hom verlief was.

Ek moes meer weet van Jerrie Mulder en vra ná 'n rukkie: „Ken jy vir Jerrie goed?"

„Ja en nee. Ek twyfel of hy homself ken. Maar wat ek van hom weet, is dat hy 'n wrede, siellose, selfsugtige bees is!"

My diagnose was volkome reg. Om haar lippe het die opgewondenheid 'n spierwit kringetjie getrek. 'n Vrou wat verlief is en seergemaak is, praat selde daaroor. Ek het myself gelukkig geag om soveel van Jerrie en Madeleine se verhouding te kon hoor. Daar was net een verklaring hiervoor: Madeleine moes my nie te onaardig gevind het nie!

Die tyd het te vinnig omgegaan. Ek was heeltemal oortuig dat ek verlief op haar sou raak, maar ongelukkig kon ek dit nie op dié tydstip bekostig nie.

Ek het saam met haar teruggestap koshuis toe.

Aan die straat se kant is daar 'n lang laning koshuis toe. Ek het stadig gestap. Ek wou tyd wen om nog meer vrae te vra, maar dit was al etenstyd en ons het maar aangestap. By die deur het ek Madeleine gevra om die volgende aand saam met my te gaan fliek. Sy het ingestem.

'n Week later het ons gaan dans. Die majoor het nie baie daarvan gehou nie.

„Maggies, Bosman, ons betaal jou en gee jou verlof om 'n saak te ondersoek, en dan verval jy tussen die universiteitsnooiens!" Ek het die majoor verseker dat ek nog net een week wou hê.

Die dansparty was nogal 'n affêre. Ek dink baie min pa's en ma's weet presies wat ek hiermee bedoel. Madeleine het ontstellend mooi gelyk. Sy het een van die soort rokke aangehad wat altyd in tydskrifte, in 'n rubriek oor vrouemodes, bladsye lank beskryf word. Dit was 'n wit rok.

'n Heerlike gevoel van nuwe lewe en vreugde sonder oorsaak het saam met die lente gekom. Ek het nie geweet of dit die lente was en of dit Madeleine was nie. Miskien was sy deel van die lente en was die lente net mooi omdat sy daar was. Sy het aan alles waarde gegee.

Ek was verlief.

Toe ons die nag laat die lang laning afstap koshuis toe, het ek met 'n skok besef dat ek nog 'n speurder in diens van die staat was. Ek moes nog meer weet van Jerrie Mulder. Ek sou hom liewer wou vergeet. Ek sou alles wou vergeet, wegdink sodat net ek en Madeleine oorbly, net ons twee alleen met geen tyd of mens om ooit tussenbei te kom nie!

Eintlik wou ek dit nie so gehad het nie. Die liefde het nie hier ingepas nie, of miskien was dit my plig wat onvanpas was. Ek het aan die majoor se woorde gedink. Ek was bang hiervoor. Hy het gelyk gehad. Ek word nie betaal om in vroumense se strikke te beland nie. Ek moes nog meer weet, teen watter prys ook al.

„Jy het natuurlik vir Ben Liebenberg goed geken. Hy en Jerrie was groot maats ..."

Sy het nie baie gelukkig gelyk oor die wending wat die gesprek geneem het nie. Haar oë was wasig toe sy opkyk:

„Dan weet jy ook van Ben?" vra sy.

Ek het nie begryp wat sy bedoel nie.

„Ja, van sy dood," antwoord ek.

„En van my?" vra sy bang.

„Ek verstaan nie, Madeleine," antwoord ek heeltemal eerlik.

„Ek dag almal praat daarvan ..." Sy kyk weg na 'n paar vroeë bloeisels wat onder die straatlamp wegdwarrel.

„Dan is ek bepaald nie onder die almal nie," pols ek haar.

Toe vertel sy my. My vermoede was reg. Ben en Jerrie was groot vriende. Jerrie het Ben bewonder omdat hy so 'n goeie verstand gehad het. Ben het nooit onder 90 persent vir sy toetse gekry nie. En toe het Ben op haar, Madeleine, verlief geraak, maar sy kon hom niks meer gee as net simpatie en vriendskap nie, want Jerrie was haar hele lewe. Sy het baie van Ben gehou totdat hy die Vrydag voor sy dood vir Jerrie by haar kom slegmaak het. Sy was geskok in Ben.

Daardie aand het sy en Jerrie gaan dans, en sy het hom van Ben vertel. Jerrie was nie eens kwaad nie. Hy kon so manlik en groot wees! En toe het Ben homself die Saterdag by die rugby doodgeskiet ...

„En die Sondag het Jerrie my gebel en gesê hy wil my nooit weer voor sy oë sien nie, want ek was die oorsaak van sy beste vriend se dood ... Ek het dit so goed bedoel, my liefde vir Jerrie ..."

Madeleine het pragtig gelyk selfs wanneer sy gehuil het!

As ek hierdie storie eerder gehoor het, sou ek die saak net daar gelos het. Dit het baie vrae beantwoord. Maar daardie knoop wat afgeskeur was, is die Vrydagmiddag van Ben se baadjie afgeskeur. Ben en Jerrie het rusie gehad voordat Madeleine hom die Vrydagaand vertel het dat Ben hom in die rug gesteek het.

Dit pas ook in by wat Boudjies my vertel het, naamlik dat Taikoff net soggens op kantoor is en Jerrie Vrydagmiddae. Ná die rusie is Ben na Madeleine om haar te vertel wat hy van Jerrie dink. Sy het gedink Ben wou maar net vir Jerrie slegsê om háár guns te wen. Ben se optrede die middag het die deurslag gegee en Saterdag was dit sy einde. Ek moes nog weet wat dit was wat Ben aan Madeleine vertel het.

Ek het haar 'n sakdoek gegee en ons het aangeloop deur se kant toe.

„Maar het Ben dan baie sleg gepraat van Jerrie?" vra ek.

„Miskien was dit nie so erg nie, maar omdat ek Jerrie so liefgehad het, het dit vreeslik geklink."

„Maar wat het hy dan gesê?"

„Ag, sommer sulke lelike goed, dat Jerrie 'n geldwolf is wat sy siel vir 'n pennie sou verkoop. Hy het ook gesê dat Jerrie nooit met my sou trou nie, my net gehou het vir sy plesier, en dat Jerrie dinge aanvang wat hom in die tronk sou laat beland. Maar waarom wil jy alles weet? Kan ons nie maar alles vergeet nie? Alles wat gebeur het, het al so baie, baie seergemaak ..."

Sy het op my skouer geleun. Haar liggaam was warm tussen my hande en ek het verlore gevoel toe ek in haar oë die sterre sien wat nog altyd vir my onbereikbare spikkels was, ver teen die donker, vreemde ewigheid van die nag, en toe was haar lippe voor my, vol geheimenisse, soos 'n verre see wat al die leemtes in my lewe, al die verlange, vir ewig stil sou maak ...

Eers baie later daardie nag, toe my asbak al soos 'n molshoop gelyk het, het ek besef dat ek 'n saak het wat aandag verg. Die werklikheid het soos 'n nagmerrie op my toegesak.

As ek nou sou tou opgooi, sou ek nie my baas in die oë kon kyk nie. Ek moes voortgaan. Die volgende dag het ek vasgestel dat Jerrie 'n plaas in die Bosveld aan die Pilanesberg gehad het waar hy en 'n paar vennote tin ontgin het. Dit was so 'n soort private besigheid wat darem 'n ekstra inkomste verseker het. Dit was geen geheim nie. Almal het dit geweet, maar soos dit met sulke dinge gaan, het niemand juis daaroor gepraat nie, omdat daar niks snaaks aan was nie.

Ek het besluit dat dit tyd geword het om hulp te kry.

Frans Malherbe en ek was saam op skool op Christiana. Die uitgewerkte ou diamantgate buite die dorp was ons speelplek. Ek dink dit was hier dat Frans se liefde vir snaakse klippe gebore is. Hy het 'n geoloog geword.

Ek het Frans alles vertel. Ook van Madeleine. Ons is die middag vroeg in sy 1934-modelletjie na Jerrie se plaas en het drie uur later daar aangekom. Die plaas is omtrent negentig myl van die stad.

Ons kon dit nie te naby aan die myn waag nie, want die werkers het daar geslaap. Die ingang van die myn was aan die voet van die berg, soos die opening van 'n reusebakoond. Daar het ligte in die ingang gebrand en dit het gelyk of daar mense binne gewerk het. Skuins na onder het 'n paar vragmotors gestaan. Die erts is met koekepanne uit die myn tot onder in die gelykte vervoer, waar die vragmotors dit opgelaai het na Makoppastasie, 'n myl of wat daarvandaan.

Dit was hier dat ons 'n paar los klippe wat met die oorlaaiery van die vragmotors afgeval het, opgetel het.

Frans het die erts getoets. Die tingehalte was baie swak.

„Ek twyfel of dit lonend kan wees om dié tin te ontgin. Maar nou ja, dis sy plaas en hy kan seker maak soos hy wil, nè?"

Frans was reg. Dit is nie onwettig om tin te ontgin nie, al bestee jy ook 'n sjieling vir elke pennie wat jy maak. Maar mense doen net nie op so 'n manier besigheid nie. Ek het weer gedink aan Ben se woorde aan Madeleine. Hy het gesê dat Jerrie 'n geldwolf was en onwettige dinge gedoen het. As twee vriende kwaad word vir mekaar, vertel hulle mekaar gewoonlik die waarheid. Ek was geneig om te glo dat Ben se woorde aan Madeleine nie net vir Jerrie in 'n slegte lig wou stel nie, maar dat daar dalk 'n tikkie waarheid in kon steek.

Frans se aster het in die bank gewerk waar Jerrie sy bankrekening gehad het. Jerrie het 'n private rekening gehad wat periodiek aangevul is met deposito's uit die Pilanesberg Tin Company Ltd. Die maatskappy se depositorekening was £850 000 sterk.

Ek het besonderhede van die maatskappy gaan naslaan in die registrateur van maatskappye se kantoor. Die Pilanesberg Tin Company Ltd is in 1952 gestig met 'n kapitaal van £30 000. Daar was ses direkteure. Jerrie Mulder was besturende direkteur. Die ander was vreemdelinge, Ferondo Tedaldo, Lourenço Marques; Peter Wilson, Sierra Leone; Luis Stollink, Leopoldstad; Georges Borsiere, Elizabethstad en Bernabo Marato van Mogadisjoe.

Hierdie plekke het ooreengestem met die stempels op Ben Liebenberg se paspoort! Die geld wat die maatskappy in die bank gehad het, is nie uit die tin gemaak nie.

Ek het Frans gevra of daar dalk ander minerale saam met die tin in die erts aangetref word. Hy het gelag:

„Natuurlik, man, alles, van kalk tot diamante en van beesmis tot uraan."

„Uraan is 'n kosbare metaal, nè, ou Frans?"

„Man, ja. Maar moenie dat jou fantasie met jou weghardloop nie. Onthou jy nog hoedat jy in ons jong dae op Christiana gedurig glasstukke vir diamante aangesien het?"

Dit het tyd geword om Jerrie Mulder se woonplek deur te soek.

Hy het 'n eenvoudige huis gehad. Ons het twee nagte gewag dat hy êrens heen moes gaan. Ek moes net bontstaan om aan Madeleine te verduidelik waarom ek so skaars was.

Op die derde aand het ons kans gekom. Frans het buite wag gehou. Ek het vinnig en deeglik in Jerrie se huis gesoek. Daar was niks snaaks nie. Toe ek eindelik wou loop, sien ek op die agterstoepie 'n yskas. Ek het onthou dat daar in die kombuis ook een was. Bietjie eienaardig vir 'n ongetroude man, dink ek en kyk in die yskas.

Daar was 'n paar bottels bier, botter, tamaties en 'n pint melk. Ek het teruggegaan kombuis toe. Die yskas se deur wou nie oop nie. Ek het hard gepluk. Die slot was nogal sterk. Ek het afgebuk om die handvatsel te ondersoek. Op die punt was 'n las. Ek het dit probeer draai. Die deur het oopgevlie. Binne was 'n moderne brandkas.

Daar was nie tyd om verbaas te wees nie. Frans het buite hard gefluit. Ek het die deur toegeklap en laat vat. Ons het langs die huis gewag tot Jerrie binne was en toe uitgesluip. Ek was nog nooit in my lewe so seker dat ek met 'n groot saak te doen gehad het nie.

Die brandkas moes oop! Die ding het 'n slot gehad wat met 'n sekere kombinasie syfers wat op 'n ronde knop aangebring is, oopgesluit word. As 'n mens die poeier wat jy vir vingerafdrukke gebruik, oor die knop strooi sodat dit ook 'n deel van die brandkas rondom die knop bedek, kan jy duidelik sien op watter plekke die oopmaker se vingerpunte die meeste gekonsentreer is. Jy kan nie meer as twee of drie nommers uit wees op elke kol waar die vingerafdrukke verskyn nie. Al wat jy moet doen, is om die nommers in verskillende kombinasies te toets totdat jy die regte een het. So 'n „operasie" duur egter 'n tydjie. Ons sou moes wag tot Jerry lank genoeg uit sy huis is – maar hoe sou jy dit vooraf weet?

Ons het by die blitspatrollie twee radiosenders gekry. Ons sou van die geringste kans wat Jerrie ons gee, gebruik maak. Frans moes hom volg sodra hy sy huis verlaat, al was dit net tot by die universiteit. Ek sou dan inspring en kyk wat ek kon doen. Sodra hy na sy huis se kant toe terugkom, moes Frans dan net vir my oor sy sender op hoogte hou van sy bewegings, sodat ek betyds kon wegkom.

Ons het seker gemaak dat die senders werk. Ek het my flitskamera in orde gebring en met 'n kussingsloop vol gloeilampe laat vat. Net toe ons verveeld begin raak, het Jerrie se motor om die hoek van die straat gekom waar ons geparkeer het. Toe hy verby was, het ek uitgeklim en Frans het gedraai en agter hom aangery.

Ek het vinnig gewerk. Die poeier het vingerpunte dig opmekaar gewys op die 3-uur-, 7-uur- en 10-uur-posisies. Ek het die knop gedraai sodat die 0 regoor die wit strepie op die brandkas gestaan het, dit toe kloksgewys gedraai tot die nul regoor die 3-uur-posisie was. Toe weer terug na die 10-uur-posisie, en weer kloksgewys totdat die nul op die 7-uur-posisie gestaan het. Die deur was nog net so toe as 'n klei-os se keelgat.

Ek het die teenoorgestelde kombinasie probeer. Die rooi liggie op my sender het geflits. Ek het die sender aangeskakel, Frans het gepraat:

„Mulder het op Kerkplein voor die poskantoor stilgehou. Hy stap na die plek waar die briewe vir oorsese lande gepos word en gooi iets daarin. Nou kom hy terug. Ons beweeg om die plein terug Kerkstraat toe. Hoe vorder jy? Oor!"

„Tweede probeerslag om brandkas oop te kry het misluk. Probeer nou ander kombinasie. Hou Jerrie dop. Oor!"

Ek het weer probeer. Eers die 7-uur-posisie, dan die 3-uur-posisie en toe terug 10-uur toe. Ek het aan die handvatsel gepluk. Die deur het oopgespring.

Die rooi liggie flits al weer. Frans praat:

„Ons is nou by die verkeerslig op die hoek van Kerk- en Beatrixstraat. Lyk of Mulder teruggaan huis toe. Hoe ver is jy? Oor!"

„Nou net die deur oopgekry. Brandkas is vol dokumente en onder in 'n hoekie is drie snaakse loodkissies wat heeltemal toegesmelt is. Ek het nog 'n hele rukkie nodig om dokumente te fotografeer. Oor!"

My kamera het soos weerlig geflits. Ek kon sien dat die meeste van die papiere briefhoofde gehad het met die woorde „Pilanesberg Tin Company Ltd" in groot letters gedruk. En toe kom ek af op 'n spul papiere met 'n vreemde skrif daarop. Ek blaai om en sien net formules en syfers op die volgende bladsye. My kamera flits voort totdat die rooi liggie van die sender my oog vang. Frans praat:

„Ons is nou by die universiteit verby in Lynwoodweg. Mulder pyl huis toe. Jy sal moet gou maak. Oor!"

„Kan onmoontlik nie nou nie; het iets ontdek wat ek moet afneem. Dit sal nog 'n paar minute duur. Kan jy niks doen nie? Oor."

„Hoe lank wil jy nog hê? Oor."

„Tien minute! Oor."

„Sal dit nie maak nie. Ons is al by Duncanstraat. Oor."

„Ry in hom vas! Oor."

„My arme motor! Oor."

„Die polisie sal betaal. Ry van agter skuins in hom sodat jy nie te seer kry nie. Oor!"

„Sien jou oor 'n uur in ou Japies se kafee of

in die hospitaal. Oor en uit!"

Met 'n harde slag het my sender meteens doodstil geword. Jerrie Mulder sou nie dadelik tuis wees nie!

Die gloeilampe van my kamera het soos eiers op 'n hoop om my gelê. Ek was eindelik klaar. Iemand het aan die voordeur geklop. Ek het die brandkasdeur toegeklap en die gebruikte gloeilampies met kamera en al voor by my hemp ingeprop en op die stoep uitgevlug. Voor die huis het 'n groot, swart motor gestaan. Agter op die erf was vrugtebome. Ek het in 'n perskeboom skuiling gesoek. Die agterdeur het oopgegaan en dieselfde kêrel wat die dag met die derde toets agter Ben Liebenberg se bloed was, kom uitgestap. Hy het 'n rukkie rondgekyk en teruggestap. Toe ek sy motor hoor wegtrek, het ek uitgeglip en spore gemaak.

Frans het vir my by Japies se kafee gewag.

„Man, waar was jy? Dié Mulder is nogal 'n harde kalant. Wou net my nek daar omdraai ..."

Frans wou nog vertel hoedat sy 1934-modelletjie se laaste uur geslaan het en amper syne ook, maar daar was nie tyd nie. Ons is dadelik met 'n taxi na die hoofkwartier waar ons foto's ontwikkel het. Ons het eers die foto's van die papiere waarop die vreemde taal en formules gestaan het, ontwikkel. Dit het duidelik uitgekom, maar was vir ons heeltemal onverstaanbaar.

Ek het besluit dat dit tyd geword het om die majoor se hulp in te roep. Hy was baie opgewonde.

„Bosmantjie, ou bees, wat de duiwel vertel jy my alles! La'k sien, man. Verdomp, dis Russies wat hier staan. Sê weer, waar kry jy die goed ...?"

Toe vertel ek hom van die loodkissies.

„Ons moet dadelik 'n kundige kry om die formules uit te lê. Ek het 'n gedagte ons het hier met 'n gevaarlike ding te doen," sê die majoor asof hy al die werk gedoen het.

„Taikoff, Majoor, die arme professor wat ek so verdink het, is die man vir hierdie dinge. Hy is so slim soos tien Einsteins saam."

Prof. Taikoff deins terug toe hy die deur oopmaak en vir my en die majoor, wat in uniform is, voor hom sien staan.

„Wat skort?" vra hy sonder om ons in te nooi.

„Ek is majoor Bastiaanse van die polisie. Ek moet u dadelik spreek," antwoord die majoor en stap ongenooid binne terwyl ek soos 'n huishondjie volg.

Ek het die foto-afdrukke aan prof. Taikoff gegee terwyl die majoor verduidelik het dat ons wou weet wat die formules daarop beteken.

Taikoff het sy halfmasbrilletjie uitgehaal en eers al sy asem teen die glase uitgeblaas voor hy die lense begin skoonvryf het. Dit het soos ure gevoel. Sy oë het deur die eerste paar afdrukke gedraf en toe sien ek hoedat die wit rondom sy donker kykers al wyer rek.

„Waar kry julle dit?" vra hy eindelik en kyk na ons asof ons die horison is.

„Dis 'n lang storie, Professor. Sê ons net wat daardie formules beduie. Ons sal jou later alles vertel!" antwoord die majoor.

Professor Taikoff het 'n slag keel skoongemaak en toe, asof hy 'n reuse-gehoor voor hom het, gepraat:

„Dit is die grootste wetenskaplike prestasie vandat die eerste atoombom ontplof het! Hierdie, geagte vriende, is die formule waarmee jy uraan binne ure uit die erts kan haal teen geringe koste. Hierdie is die belangrikste ..."

Ons was baie onbeskof, maar kon die professor nie sy toespraak laat voltooi nie. Ons het geweet wat ons wou weet.

Die majoor het die naaste voorstedelike polisiestasie gebel en gesê dat 'n konstabel dadelik na die huis van prof. Taikoff moes kom om hom te kom oppas. Taikoff het geprotesteer.

„Ek sal my nie in my huis laat gevange hou nie. Deur niemand nie! Julle kom hier ongevraag aan, stap my huis in sonder dat ek julle genooi het, en ek gee julle die inligting wat julle te onnosel is om self te kon uitwerk, en dan laat julle ...”

Majoor Bastiaanse het hom in die rede geval asof die oubaas besig was om onsin te verkoop.

„Jammer, Professor, ons kan nou geen kans waag nie. U is ook nie opgesluit nie, maar kan beweeg soos u wil. Die konstabel moet u egter volg waar u gaan totdat ons hierdie ding opgelos het. Dit sal nie lank duur nie. Baie dankie vir die inligting. Goeienag, professor Taikoff.”

Hierna het ek gesien waarom majoor Bastiaanse sy rang verdien het. Hy het presies geweet wat om te doen. Sy gedagtes het so stelselmatig soos 'n masjien gewerk en niks buite rekening gelaat nie. Terwyl ons na sy huis op pad was, het hy my gepeper met die vrae en in tien minute alles uit my gekry wat ek in meer as 'n maand nagespoor het. Hy het voor sy huis stilgehou en gesê hy sal net 'n paar minute weg wees.

Toe hy terugkom, het hy gewone klere aangehad. Ons het hoofkwartier toe gery. Daar het dit reeds gewemel van speurders en polisiemanne, almal in gewone klere.

Ons is na die lesingkamer. Ander hoë offisiere het heel voor gesit en wag.

Die majoor het vorentoe gestap toe almal gesit het.

„Almal gee aandag, asseblief! Sersant van Niekerk, vat vir jou ses manne en gaan dadelik na die huis van doktor Jerrie Mulder op die hoek van Spriet- en Duncanstraat. Hou elkeen aan wat die huis probeer ingaan of verlaat. In die kombuis is 'n yskas wat ten alle koste bewaak moet word.

„Sersante Kriel, Grobler, Visser, Cronjé, Van Rensburg, Viljoen, Human en speurdersersante Nel, De Villiers, Koekemoer en Pieterse, vat vir julle elkeen ses man en maak gereed om na 'n plaas negentig myl hiervandaan te vertrek. Julle kan elkeen net hierna by my kom inkyk dat ek julle presies kan verduidelik waar dit is. Die eerste groep moet om sesuur vertrek, en die ander groepe met tussenposes van vyf minute. Ry teen 'n snelheid van vyf-en-vyftig myl per uur. Sorg dat elke voertuig se radiosender in werking is. Ons gaan 'n klomp kêrels uit 'n myn in die Pilanesberg haal. Dit sal gevaarlik wees. Nou ja, dis nou halfvyf. Gaan almal nou en eet iets. Speurder-konstabel Bosman, ek wil jou eers 'n oomblik sien voor jy gaan!”

Ek het vorentoe gestap terwyl die ander kêrels by die deur uitgeborrel het.

„Bosmantjie, kyk, ons tyd is kort. Ek sou jou baie graag saam wou vat, maar dit kan nie. Daardie vriend van jou, Frans Malherbe, sal met ons saam gaan. Hy ken die plek goed.

„Ek wil hê jy moet vir brigadier Spies gaan vertel presies wat alles aan die gang is. Hy sal ons afslag as ons hom nie in die prentjie hou nie, en jy is die enigste man wat van alles weet. Jy sien, hy moet op hoogte van sake wees. Daar kan dalk lelike dinge gebeur, en dan weet hy niks van die hele gedoente af nie. Ek sal hom bel en sê jy kom oor om die saak te verduidelik. Sy huis is in King's Way, Orange Grove; dis net voor jy in Johannesburg kom. Gaan maak ook maar reg en eet 'n stukkie. Ons sal regkom, hoor! En baie geluk sover. Dit was 'n knap stukkie werk! Tot siens.”

In die polisiediens luister ons na ons offisiere. Ek het geen woord teruggesê nie.

Toe ek by my woonstel aankom, het die telefoon aanhoudend gelui. Dit was Madeleine. Sy het losgetrek:

„Wat het met jou gebeur? Waar was jy die hele tyd? Ek kry jou nêrens nie! Die ouens by die universiteit sê hulle sien jou ook nie meer in die klasse nie. Wat gaan aan met jou? Ons het 'n afspraak gehad dat ons vanaand sou gaan fliek het! Kom jy nog?”

Ek het vertel dat my pa skielik ernstig siek geword het en dat ek nie kans gehad het om haar te bel nie. My broer het my kom haal en hy was baie haastig. Ek het vir Boudjies van der Merwe gevra om te laat weet. Op die plaas was die telefoon buite werking.

„Ek is jammer, my skat; ek het nie geweet nie. Ek was net bekommerd oor jou omdat ... Jy weet tog dat ek jou liefhet ...” Ek kon nie anders as om te beloof dat ek haar dadelik sou kom sien nie. Dan kon ek sommer van haar af Johannesburg toe gaan.

Ek het 'n hele ent van die koshuis af stilgehou sodat sy nie my polisiemotorfiets kon sien nie. Madeleine het vir my voor in die tuin gewag. Sy het mooier as ooit gelyk.

Ons het 'n entjie gaan stap oor die universiteitsterrein, tot by die park teen die voet van die rant. Daar was bome en blomme en Madeleine was naby my. Ek sou haar die een of ander tyd die waarheid oor myself moes vertel. My universiteitsloopbaan het tot 'n einde gekom. Ek was bang vir haar reaksie.

„Wat makeer, hinder iets jou?" vra sy meteens.

„Nee, niks nie, sommer net moegerig," antwoord ek.

Ek besef meteens hoe moeg ek werklik voel. Dit is of al die spanning verby is. Die ander moet nog net die opruimwerk doen. Dis stil in die park. Haar hare val sag tussen my vingers. Dit is net ons twee. Haar lippe verswelg my. „Moenie jou oë toemaak nie," sê ek vir haar. „Jy moet die hele tyd in my oë kyk." Hierdie meisie, sê ek vir myself, is van kop tot tone myne.

Die kerkklok waarsku my dat ek nog Johannesburg toe moet ry.

Sy vra dat ons met die ander paadjie langs die laning terugstap. „Daar is meer struike om ons weg te steek." Sy vleg haar vingers in myne.

„Is jy regtig 'n student?" Die woorde tref soos 'n sweepslag.

„Maar hoekom nie?" probeer ek haar vraag ontwyk. „Jy gedra jou so anders as die ander studente, so of jy ouer is en meer ervare ..."

Toe die skoot klap, stamp ek haar in die laning en val plat in die paadjie. My linkersy brand soos vuur.

Ek lê doodstil en wag. Toe hoor ek takkies agter my ritsel en voetstappe wat wegloop.

Ek het vir Madeleine beduie om te bly sit waar sy was. Ek kon voel dat ek kwaai bloei. Die bloed het warm na onder oor my maag begin loop. Ek het stadig vorentoe gebeur en my rewolwer uit my binnesak gehaal. 'n Mens kon nooit weet nie, daar mag nog een agtergebly het. Die volgende oomblik het Madeleine verwilderd opgevlie en geskreeu dat ek moes oppas. Ek het omgekyk net toe die man begin skiet en 'n paar blare regs van my in die heining sien roer. Ek het dadelik geskiet. Ek kon duidelik hoor dat al ses skote wat ek gevuur het, hul pad deur 'n mens se liggaam gevind het ...

Madeleine het langs my gelê, sy het reg voor die koeël wat vir my bedoel was, ingespring.

Die rooi kol bokant haar hart het al groter geword en die kontras van die rooi bloed al sterker teen haar bleek gelaat. Ek kon sien dat sy geglimlag het en dat sy my naam genoem het. Ek het geveg teen 'n uitkringende lam gevoel wat alles in my dom gemaak het. Dit het in my bene opgekom en my bewustheid stadig verdoof soos 'n inspuiting. Ek het probeer dink, maar dit was of ek opgehou het om te bestaan. Alles was onwerklik en voor my het 'n meisie gelê met sagte, bruin oë en hoë wangbene, dit was al wat ek kon sien. Ek het my hande na haar probeer uitsteek. Dit het stadig gegaan. Dit was nog net duime. Ek moes by haar kom; sy het my enigste hoop geword. 'n Angs pak my beet, 'n oervrees soos dié van 'n kind wat voor 'n donker, oop myn staan. Ek moet by die vrou hier voor my kom! My vingers weier, en dan tuimel alles om my in soos in 'n chaos van vlakke waar niks meer herken kan word nie.

***

„Net 'n paar minute, Majoor; hy is nog baie swak ..."

'n Vrou het die woorde gesê. Ek kon glad nie begryp wat gaande was nie. Ek het op 'n spierwit bed gelê. Om my was hoë, wit mure wat gelyk het of hulle elke oomblik op my kon intuimel. In die deur het 'n verpleegster gestaan. Seker sy wat die woorde gesê het. Ek wonder wat bedoel sy. Dan sien ek die uniform en die gesig. Dis majoor Bastiaanse!

Dinge het begin inpas; ek het begin onthou. My gedagtes het deur die gebeurtenisse gedraf totdat ek by Madeleine gekom het, en toe het die majoor begin praat.

„En toe, Bosmantjie, hoe lyk dit nou?"

Ek het gewag dat die majoor maar moes praat. Dié keer was dit hy wat die nuus moes bring.

„Ons het hulle almal! Mooi stukkie werk, ou seun! Man, dis ongelooflik! Alles het goed afgeloop, sersant Kriel het 'n koeël deur die skouer en twee van die konstabels het vleiswonde opgedoen. Ons het 'n halwe oorloggie by die myn gehad, maar die traangas het hulle klaargemaak. Jerrie Mulder het sy myn soos 'n vesting teen ons verdedig. Hy en twee van sy trawante is in die geveg doodgeskiet. Die ander het oorgegee. Man, maar jy moes gesien het wat binne-in die myn aan die gang was. Die hele Pilanesberg is omtrent hol uitgewerk onder die voorwendsel dat hulle tin ontgin het. Ons het hul aanleg waar hulle die uraan uit die erts gehaal het, in een van die agterste kamers ontdek. Te fantasties om te glo! Daardie formule wat jy in die brandkas gekry het, het van ons vriende in Rusland gekom. Die uraan is ook soontoe gestuur. Ben Liebenberg was die posjong wat die pakkies wat in klein loodkissies toegesmelt was, na die verskillende „direkteure" toe moes neem. Hulle het dan vir die aflewering en verkoop daarvan gesorg. Die hele ou spul is deur die polisie daar ook vasgetrap.

„Jy was ook reg oor Ben Liebenberg. Hy het glo op 'n nooi van Jerrie verlief geraak, die twee het stry gekry en 'n paar van Jerrie se handlangers is toe aangesê om hom van kant te maak, want hulle was bang hy verraai die hele organisasie. Dieselfde twee wat Ben daardie dag by die rugby gesoek het, het ook van Jerrie opdrag gekry om jou dood te skiet. Ons het die een wat losgekom het, gevang. Daar was

twee. Jy het die ander een gekook daar in die laning."

„Majoor, u sal nou eers moet gaan. Die pasiënt moet nou rus!" As die verpleegster nie so aantreklik was nie, sou ek my vererg het vir haar. Ek kon nie verstaan waarom hulle my „pasiënt" moet noem nie.

Ek het die majoor nie kwalik geneem dat hy geen woord oor Madeleine gesê het nie. Ek het geweet. Deur dit nie te sê nie, het hy dit gesê.

By die deur het hy 'n oomblik stilgestaan. Hy het eers gehuiwer en toe 'n stukkie papier uitgehaal en aan my gegee:

„Ons het dit in Jerrie se sak gekry. Lees jy dit maar self. Ek dink dit was miskien beter so. Ek dink ek weet, Bosmantjie; ek was ook jonk ... Alle beterskap, hoor!"

Ek het vir die verpleegster gewys dat sy my alleen moes laat. Ek het die briefie oopgevou en gelees:

Liefste Jerrie

Ek sal saam met hom gaan stap vanaand in die park agter die universiteit. Ons sal met die paadjie deur die laan terugkom. Onthou, jy het belowe dat julle hom net skrik sal maak!

Al my liefde,

Jou eie

Madeleine

Die majoor was reg. Miskien was dit beter so.

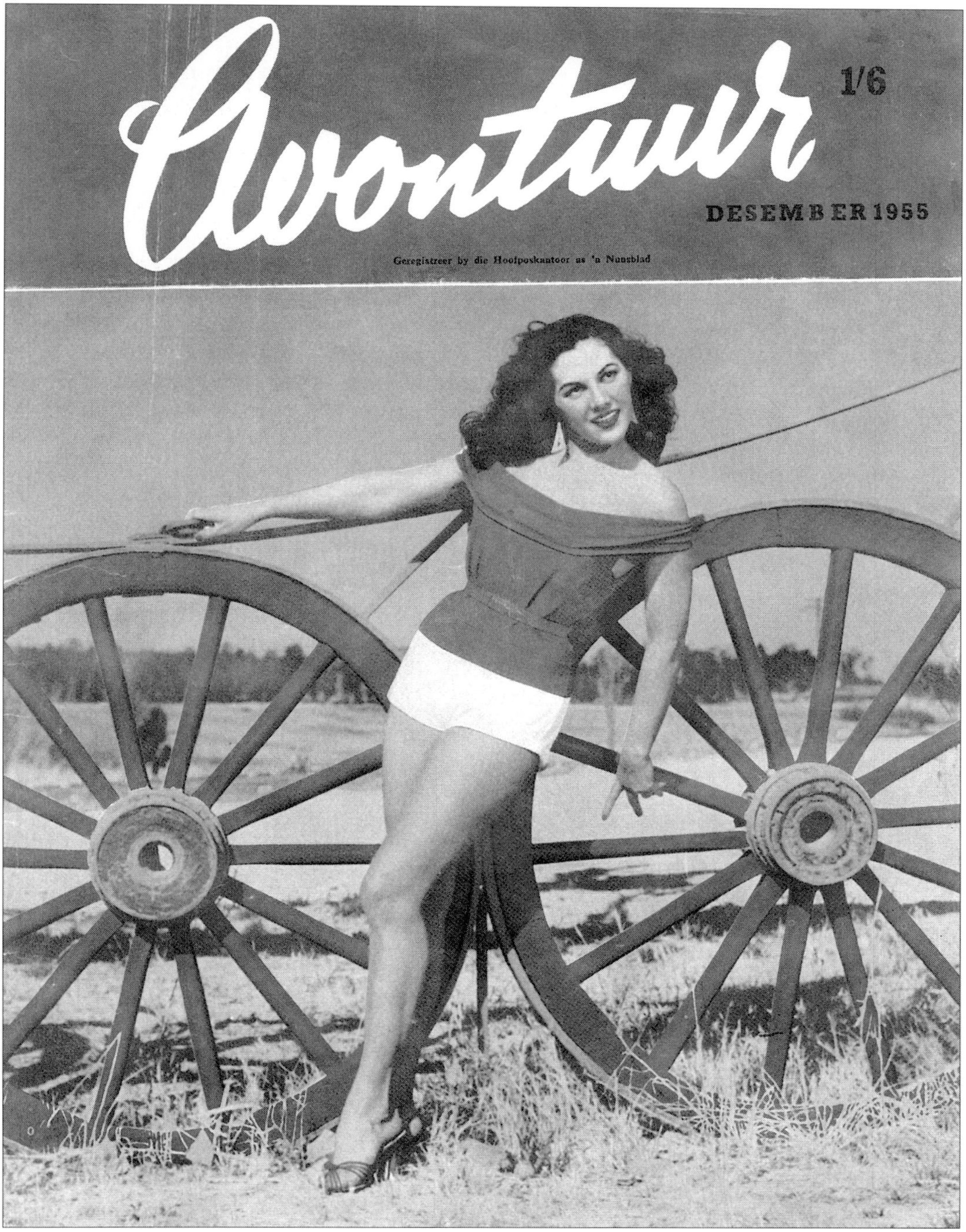
Avontuur
1/6
DESEMBER 1955
Geregistreer by die Hoofposkantoor as 'n Nuusblad

VOORTREKKERPERS BEPERK

Eienaar van Die Transvaler-Boekhandel
Uitgewer van Die Transvaler

Telefoon 44-9182
Tel.-Adres: Transvaler
Posbus 8124

Jorissenstraat 102
JOHANNESBURG

25 November 1954.

Mnr. R.F. Botha,
Dept. van Buitelandse Sake,
Uniegebou,
PRETORIA.

Geagte mnr. Botha,

Ons wil graag in die nabye toekoms gebruik maak van u manuskripte CUL DE SAC, en EK, MENS.......

Ten einde nouer voeling tussen skrywer en leser te bewerkstellig, het ons gevoel dat dit 'n blink idee sou wees as ons in 'n spesiale rubriek in elke uitgawe, getiteld HIER PRAAT ONS ALMAL SAAM, die een en ander van ons medewerkers (-sters) kan sê. Dit sal baie kort wees, en nie juis baie ernstig nie. Gee ons tog so 'n paar besonderhede van uself asseblief. Byvoorbeeld: huwelikstaat, foto (dis 'n moet! - asseblief) liefhebberye, hoeveel kinders, ens. Ons onderneem om daar nie misbruik van te maak nie, en ons meen tog dat dit u en ons nader aan ons lesers sal bring.

Ons wil graag so gou moontlik met hierdie nuwigheid begin, en sien dus met belangstelling uit na u samewerking.

Ook sal ons dit besonder waardeer as u soms self 'n stukkie vir HIER PRAAT ONS ALMAL SAAM wil skryf.

Kan ons op u reken?

Wees reeds by voorbaat hartlik bedank.

Vriendelik-groetend,

Die uwe,

D. Malan

DM./JH.

WAARNEMENDE REDAKTEUR.
AVONTUUR EN LIEFDE.

Direkteure: Sy Edele Adv. J. G. Strijdom, L.V., Sy Edele Dr. T. E. Dönges, L.V., Sy Edele Adv. F. C. Erasmus, L.V., Sy Edele Adv. C. R. Swart, L.V., Sy Edele Dr. H. F. Verwoerd, Mnr. P. J. H. Hofmeyr, Mnr. I. M. Lombard, Dr. C. A. Oosthuisen, Mnr. W. B. Boshoff.

Ek, mens ...

Ons eerste rusie het plaasgevind presies twee dae na ons huwelik. My vrou wou niks weet van wittebroodsdae nie en ek het net baie trots op haar gevoel, want dit het beteken dat ons die geldjies wat ons daarvoor sou gebruik op nuttiger goed, soos meubels, sou kon spandeer. Ek was baie gelukkig daardie eerste twee dae. Toe bel sy haar ma wat 'n eie besigheid gehad het en vra haar om te kom kuier sodat ons ons meubels kan koop. My vrou het gedink dit was baie onredelik van my om nie dankbaar te wees dat haar ma so gou na ons huwelik gewillig was om ons te help nie.

Ek het stadigaan begin besef dat 'n man nie net met 'n vrou trou nie, maar met haar ganse verlede, haar gewoontes en beginsels – dinge waaraan jy nie dink as jy verlief is nie. My vrou het baie gewoontes gehad – sy was op haar gelukkigste as sy partytjies kon reël. Ek het gevoel hoedat ons stadig vervreem en verder van mekaar wegdryf. In die begin het dit my nog seergemaak, maar later ook nie meer nie. Sy kon vir my sê net wat sy wou – ek het geweet dat as 'n man en vrou mekaar so sleg kan sê sonder dat hulle mekaar seermaak, dat hulle mekaar dan ook nie meer lief kan hê nie.

Ons het een seuntjie gehad. Hy was 'n wonderlike kind. Mense het gesê hy lyk soos sy pa. Ek het daarvan gehou, maar my vrou nie – sy wou niks met hom te doen hê nie, maar ek het nie omgegee nie. Sy lewe het my lewe vol gemaak. Bedags het 'n bediende hom opgepas en snags het ek. My vrou was besig met ander dinge wat vir haar van meer belang was. Sy het 'n kursus gevolg by 'n „School of Charm and Modelling" en ook lesings bygewoon in spraak, voordrag en toneel.

Dinge het al erger geword. Voorheen het my vrou my totaal geïgnoreer – ons het so goed as nie bestaan vir mekaar nie. Maar toe ewe skielik het sy my begin aanval van alle kante – veral haar kennis van spraak het sy op my uitgetoets. Ek het bang geword om te praat. Elke woord wat ek gepraat het, was deurspek met vulgariteit, het sy gesê. Voor ons troue het ek 'n mooi stem gehad. Ek het gewonder of ek verander het. Op kantoor was almal nog tevrede met my stem. Ek kon dit nie verstaan nie.

My vrou het 'n duur lewe liefgehad en ek kon nie die rekenings betaal nie. Dit het my baie gehinder. Een môre het my baas my ingeroep en met my gepraat oor my skuld – verskeie besighede het hom gebel en gevra dat hy moes toesien dat sy klerke hul finansiële verpligtings nakom. Ek het my assuransieagent gebel en my kind se studiepolis opgesê. Ek sou nie verder premies kon betaal nie.

Ek was bly toe sy besluit om vir 'n paar maande by haar ma te gaan kuier. Sy het my geleer om stilte te waardeer. Sy is met my motor weg om, soos sy vir my gesê het, my uit die versoeking te hou om met ander vrouens te foeter.

Dis toe dat ek vir Annalie ontmoet het. Dit was in die bus. Ons was die enigste twee wat op die boonste dek van die bus gery het. Ek het eers bewus van haar teenwoordigheid geword toe ek hoor hoe die buskondukteur met sy tangetjie aanhoudend êrens agter my knip asof hy baie ongeduldig is. Toe ek omkyk, het ek dadelik gesien dat sy lelik in die knyp is. Sy het naarstiglik in haar veelkleurige handsakkie rondgevroetel vir geld.

Haar lippe was rooi en sag en vol en die

wind het lustig deur haar golwende hare gewoel. Ek het gedink dat sy die mooiste vrou op aarde is. Sy het skaam dankie gesê toe ek die sikspens vir die kondukteur gee. Ek het diep in haar oë gekyk en dronk gevoel. Sy het sonder waarskuwing langs my kom sit – ek kan nie onthou wat sy alles gesê het nie, maar dit moes seker iets gewees het oor die sikspenslening. Ek weet net dat haar hande sag en volmaak om haar handsakkie geklou het en dat ek gewonder het hoe dit sou voel om baie siek te moes wees en dan haar vingers oor my slape te voel streel soos die aandwind in die lente.

Ek het haar die volgende dag weer gesien en ons het weer langs mekaar gesit. Sy het vir my gesê dat ek haar maar Annalie kan noem. Ek wou nie die sikspens terughê nie. Ons het mekaar leer ken sonder dat ons nuuskierig was oor mekaar se persoonlike lewens. Sy het my nooit gevra of ek getroud was nie. Ek het aangeneem dat sy dit kon raai. Een aand het ek haar in die kafee op die hoek raakgeloop – sy was alleen. Ek het haar gevra of sy nie vir my wou kom tee maak nie. Sy het geen oomblik getwyfel nie.

Nadat ons tee gedrink het, het ek vir ons 'n paar plate gespeel. Sy het al hoe stiller geword. Dit het my senuweeagtig gemaak – 'n snaakse gevoel – net ek en sy! Ek het 'n foto van my seun gaan haal om vir haar te wys. Ek het baie gehou van die manier waarop sy daarna gekyk het. Daar was 'n teerheid in haar oë wat ek graag altyd sou wou sien in die oë van my kind se moeder.

Toe het ek haar gesoen, en sy het gewillig toegegee. Ek het gevoel soos 'n drenkeling in 'n wondervloed. Uit haar lippe het lewe gevloei. Ek het gedink aan al die mooi dinge van die lewe, die sterre, die see, te magtig en onpeilbaar, die lente te kortstondig. Daar was niks wat ek meer kon begeer nie – sy was wat ek altyd wou hê, iemand wat gelewe het en wat jy kon voel joune was, 'n mens soos jyself.

Ons het op die sagte mat gaan lê en sy het my voorkop gestreel met haar sagte vingers net soos ek daardie eerste dag in die bus gedroom het. Ons het niks verder gesels nie. Ek het elke oomblik probeer vasgryp, ek wou dit bewaar hê vir die vaal ewigheid wat voor my uitgestrek het – herinneringe wat die lang pad moes korter maak.

Daar is iets onverklaarbaars omtrent die meedoënlose aantrekkingskrag van 'n vrou. Onheilspellend uitdagend. Jy kan al die grade op universiteit verwerf en jy sal nog nie kan sê wat dit is waarmee sy jou magnetiseer nie. Of hoe sy dit regkry om jou met haar vingers te toor nie. Dit is nie net die erotiese ritme en vooruitsig wat jou oorrompel nie. Sy smelt jou en smee jou met 'n esoteriese mag. Dit is wat Annalie aan my gedoen het op die mat.

Die volgende môre op kantoor kon ek nie werk nie; gedagtes het deur my kop gemaal. Ek het gewonder hoe dit sou wees as ek sou kon skei. As ek Annalie altyd by my kon hê.

My vrou het daardie middag gebel. My kind was siek – ek het geweet dat dit ernstig moes wees, want anders sou sy nie die moeite gedoen het om te bel nie.

Ek het te laat daar aangekom. Ek sou sy glimlag nooit weer sien nie, nooit weer as „Pappa" aangespreek word nie! Hy moes sonstraal gekry het die middag – almal het gedink dit was net iets wat hy geëet het. Hulle het hom net 'n spul maagpoeiers gegee om te drink. Ek sou geweet het dat dit sonstraal was, die koors en die ogies wat al dowwer word. Ek sou 'n dokter gekry het wat hom gesond kon maak – ek sou baie dinge kon doen. Ek het die dood gehaat.

Drie maande later het ek en my vrou geskei. Dit was slegs 'n formaliteit. Sy het nooit eens weer teruggekom nie.

Daardie aand het Annalie weer vir my kom tee maak. Ek het besluit om geen woord oor my vrou te praat nie. Ek wou vergeet, alles vergeet. Ek het haar vertel dat ek haar lief het, oneindig baie, en ek het haar gevra of sy weet hoe gelukkig sy my gemaak het. In haar oë was 'n onrustigheid wat my gehinder het, 'n bangheid soos dié van 'n kind wat bang is vir donderweer en sien hoedat donker wolke in die lug opstapel. Ek het haar styf teen my vasgedruk. Ek wou haar hê as myne tot in alle ewigheid. Ek wou die geluk en vrede wat sy in my lewe gebring het, behou. Ek het haar so bitter nodig gehad. Sy het haar egter losgewoel uit my arms.

„Jou vrou ... wanneer kom sy terug?"

Dit was die oomblik waarvoor ek so lank gewag het. Eindelik kon ek vir haar sê dat ek vry is, eindelik sou my gewete my nie meer kon ry nie.

„Nooit weer nie, Liefste. Sy sal nooit weer terugkom nie! Ons egskeiding het vanmiddag deurgegaan," verseker ek haar. „Ons tyd gaan nou ons eie wees, ons geluk volmaak!"

Sy het egter net mistroostig voor haar uit gestaar, so asof sy geen deel sou hê in daardie geluk nie. Ek kon dit nie begryp nie. Sy het meteens in trane uitgebars en toe half-smekend gesê dat ek haar na haar hotel moes terugneem. Ek het haar gevra waarom dan en toe sê sy saggies:

„Omdat ... omdat my man môre terugkom van Europa ..."

Avontuur
1/6
JANUARIE 1956

'n Ma vir Chris

„En wat is jou van, Boet?"

„Jordaan, Juffrou."

„En jou name?"

„Chris Louis, Juffrou ..."

Juffrou Suzanne Bosman se hand het begin bewe toe sy die name in haar klasregister neerskryf. Haar oë draai in die rigting van die kind. Dan sien sy die bos swart hare, die heldergrys oë, sterk neus, die kuiltjie in die ken ... Chris se seun ... Chris ...

„Kan ek maar gaan sit, Juffrou?"

Sy hoor skaars die helder stemmetjie. Haar selfbeheersing verflou. Sy sluit haar oë. Alles kom meesleurend terug. Dit het haar onverwags betrap.

„En waar bly julle, Chris?"

„Kerkstraat 505, Juffrou." Suzanne probeer glimlag. Dit gaan bitter moeilik om te praat.

„En wanneer is jy gebore, Chris?"

„14 Julie 1947, Juffrou."

„Jou pappie, Chris, hy is 'n dokter, nè?"

„Ja, Juffrou."

„En jy is in Kaapstad gebore, nè?"

„Ja, Juffrou," kom die antwoord weer verbaas, „maar hoe weet Juffrou dit? Kom Juffrou ook van Kaapstad af?"

„Ja, Chris, ek het daar grootgeword."

„Dan ken Juffrou seker my pa?" Suzanne kyk af tafel toe.

„Ek het hom eenmaal geken, Chris, maar hy sal my nie meer onthou nie ... en nou kan jy maar gaan sit, Chris."

Die speeltydklok het gelui en toe die kleingoed uit is, probeer Suzanne haastig haar wange se rooi met poeier regdokter en knip haar oë 'n paar maal vinnig om die tekens van ingehoue trane weg te kry.

Sy was verheug toe sy die pos hier in Pretoria gekry het. Dit sou haar wegneem van al die pyn wat daar in haar herinnerings aan Kaapstad is, en hier op haar eerste dag in die nuwe skool kom sy van aangesig tot aangesig voor hom te staan, want hierdie kind was die volmaakste weergawe van Chris waaraan 'n mens kan dink ...

Die res van die skooldag verloop pynlik stadig. Die kleingoed bestook haar met vrae en sy probeer aan hulle verduidelik dat hulle nou in die skool is en dat hulle nou sal moet begin leer om in die klas stil te wees, want anders sal hulle nooit eendag kan leer lees of skryf nie. Die skoolklok bring eindelik verligting. Een vir een sê vir haar middag as hulle voor haar tafel verbyloop, want die eerste een het daarmee begin. Chris is laaste. Sy voel weer die onstuimige geklop van haar hart as hy wag tot almal uit is en dan voor haar kom staan. Sy kyk op. Die blik in sy oë dring diep in haar in.

„Juffrou weet, Juffrou lyk net soos my mammie wat dood is," kom dit pateties, maar so opreg soos alleen 'n kind kan wees.

„So Chris, en hoe weet jy dit?"

„My pa het 'n kiekie van my mammie, Juffrou, maar sy was net jonger toe die engeltjies haar kom haal het."

„Ek is bly as ek jou aan jou mammie laat dink, Chris. Ek ... ek moet nou gaan, anders verloor ek my bus. Ons kan anderdag weer gesels, hoor." Maar Suzanne het nie dadelik gegaan nie en sy het nie omgegee of sy honderde busse verloor nie, want sy het haar eie motor gehad. Sy wou net alleen wees.

Toe dr. Jordaan die aand om tienuur voor sy huis stilhou, voel hy baie moeg. Hierdie laaste operasie het hom met die dood laat veg soos selde tevore. Vannag sal hy weer nie kan slaap nie; hy weet dit al so goed. Die telefoon kan enige oomblik lui en die nagsuster sal vir hom sê dat die pasiënt se hart swakker word, en dan sal hy weer gaan veg totdat ...

„Naand, my kind, jy lyk weer geel vanaand, Krisjan. Jy oorwerk jou nou te kwaai, my arme seun ..." Dr. Jordaan vat sy moeder saggies aan die skouers as hy haar 'n soentjie op die voorkop gee. Wonderlike vrou, sy moeder, dink hy toe sy sy kos in die kombuis gaan haal.

„Ag nee wat ou Mams, dis maar net vandag. Môre lyk ek weer piekfyn." Dan val dit hom by dat sy seun vandag sy eerste skooldag agter die rug het.

„En wat sê Ouma se kind noudat hy skoolgaan?" vra hy dadelik, want as daar eers oor „Ouma se kind" gepraat word, vergeet sy moeder gou dat hy oorwerk lyk.

„Nee, hy lyk tog te in sy skik. Ek dink hy gaan baie slim wees. Hy het baie dapper uit die motor geklim vanmôre, maar ek het toe maar liewer saamgeloop en hom self na die prinsipaal gevat. Jy weet daar is geniepsige groot seuns wat die ou kleintjies sommer so onnodig afknou. Ek het vir die prinsipaal gesê hulle moet my dadelik bel as iets verkeerds gebeur, maar alles moes seker baie goed gegaan het, want ek het niks verder gehoor nie. Ou James het hom toe vanmiddag gaan haal met die motor. Jy weet, ek was tog te bang dat my arme kind verdwaal kan raak. Nig Nettie hier langsaan vertel juis nou die dag ..."

Chris ken hierdie bederwery alte goed. Hy probeer ook nie eers meer sy moeder teengaan nie. Dit is haar grootste geluk om in haar liefde vir die kind geen ag te slaan op die pedagogie nie. 'n Lang stilte volg terwyl hy eet. Dan vervolg sy moeder weer. Hierdie keer klink haar stem vermanend:

„Krisjan, daar is iets waaroor ek met jou moet praat. Toe die kind vanmiddag hier aankom, was daar trane in sy oë. Jy weet, hy is partymaal so snaakserig en dan praat hy nie baie nie, maar ek weet dan is dit baie, baie seer. Nou het ek maar net gedink die onderwyseres het dalk vir hom gevra waar sy pa en ma bly en toe moes hy sê sy ma is dood ..."

„Maar Moeder is tog die een wat gesê het ons moet liewer vir hom sê sy ma is dood."

„Ja, my kind, ek weet en dis ook beter as om die harde waarheid aan sy ou verstandjie te bring, maar ek het nou so gedink dat as ek dalk wegval ..."

„Ag ou Mams, moet nou nie weer vir my aan die trou wil kry nie. Om sonder 'n ma te wees is tog beter as om 'n ma te hê wat hom dalk nie liefhet nie." Chris het geweet wat om te sê en wanneer om dit te sê sodat sy woorde inslag kan vind. Die gedagte aan so 'n ma het Ouma dan ook dadelik laat ophou.

Maar ure later het sy moeder se woorde nog in sy kop bly maal. Hy het nog nie gedink wat hy sou doen as sy moes sterf nie. Sy seun sal 'n ma moet hê. Hy sal aan 'n oplossing moet dink, maar die gedagte aan 'n tweede vrou vervul hom met wrewel. Sy ganse wese kom in opstand daarteen. Hy het die afgelope ses jaar probeer vergeet van die leed wat 'n vrou oor sy lewe gebring het. Hy wou nie verbitterd wees nie, maar as hy dink dat sy seun moes grootword met 'n moeder soos Joan, skiet 'n gevoel van bitterheid in hom op. Chris mag nooit weet dat Joan sy moeder was nie. Hy voel meteens bly dat hy daardie een foto van Suzanne bewaar het en dat hy dit vir Chris kon wys toe hy verlede week sommer so uit die blou hemel wou weet hoe sy mammie gelyk het ...

Toe Suzanne die volgende oggend wakker skrik, het dit eentonig gereën. 'n Oneindige eensaamheid pak haar beet toe sy na buite kyk en die vaal mistigheid sien wat alles omgewe. Sy het die nag min geslaap. Haar gedagtes het haar teruggevoer na Stellenbosch, haar studentejare ... Chris.

Sy wou nie daardie aand gaan dans het nie. Sy het geen behoefte aan ander mans gehad nie, maar haar kamermaat het so aangehou dat sy moes gaan, want dié se verloofde se neef het saamgekom en wou slegs 'n „maat" hê om te kon gaan dans. En toe moes sy motor daardie nag breek! Sy weet dit was te veel verwag dat Chris haar moes glo. Vir 'n oomblik dink sy aan die kind se woorde gister: „My mammie is dood." Chris moes seker so vir die kind gesê het om sy egskeiding stil te hou. Sy kan egter nie verstaan hoe die kind kon dink dat sy soos Joan lyk nie.

Toe die skool die middag uitkom, het dit nog gereën. Die meeste kinders se ouers het hulle by die skool kom haal. Toe Suzanne na haar motor aanstap, sien sy klein Chris nog wagtend op die stoep staan. Sy roep hom en vra hoe hy by die huis gaan kom.

„My pa sal my kom oplaai as hy van die hospitaal af kom, maar partymaal is hy baie besig, Juffrou, en dan kan hy nie kom nie," verduidelik Chris, asof hy hoop dat sy hom sal huis toe neem.

Suzanne weet nie of sy dit moet waag nie. Sy wil nie die verlede laat herleef nie, en tog het sy 'n verlange wat haar voortdryf om op hierdie reënerige dag naby Chris te wees soos die baie dae in die Kaap toe dit ook so gereën het ...

Ouma het angstig met 'n reënjas om haar voor die huis gewag om te sien of Krisjan sou onthou om haar kind te bring, toe die klein motortjie wat so stadig die straat afgekom het, vlak voor haar stilhou. Sy sien eerste vir Chris en dan die meisie.

„Sannie my kind! Op dees aarde waar ...?" Ouma het vir die eerste keer in haar lewe vergeet om haar seuntjie eerste te groet. Sy kon nie glo wat sy sien nie. Dit was die meisie wat sy destyds as skoondogter wou hê.

Ouma wou haar eenvoudig net nie steur aan Suzanne se praatjies van haastig ry nie. Sy moes afklim en gesels. Chris het 'n rukkie later gekom. Sy moeder het hom in die gang ingewag. Hy kon nie verstaan hoekom daar trane in haar oë is toe sy vir hom sê dat daar iemand in die sitkamer vir hom wag nie.

'n Maand later het Ouma se kind 'n ma gekry – net soos die een op die kiekie, net 'n bietjie ouer ...

Die laaste slag

„Dr. MacMillan asseblief, Juffrou!"

„Ek skakel u deur."

„Goeiemiddag, Dokter. Dis Liebenberg wat praat. U onthou seker die X-straalfoto's van my kop. U het gesê ..."

„O ja, natuurlik, mnr. B.J. Liebenberg, nè? Ja, ek het die stukke teruggekry van die radiografiste. Mnr. Liebenberg, ek sal padlangs met jou praat – jy het breinkanker. Ek vrees dis ongeneeslik, maar ek sal my bes vir jou doen om dit vir jou ligter te maak – ek bedoel, die pyn wat sal kom. Ek voel geweldig jammer vir jou. Is jy getroud? Is jy nog daar? Hallo, hallo, mnr. Liebenberg, is jy nog daar, hallo ...?"

Toe Ben Liebenberg hom kom kry, was dit al amper donker. Hy probeer weer die telefoongesprek volg. Sy gedagtes is verward, maar nie so erg dat hy nie weet wat hy gehoor het nie.

„So, dan is dit die einde," sê hy vir homself in afgemete woorde. Hy wonder hoe lank nog. Die pyne het al erger geword die laaste tyd. Verlede week nog, toe hy die aand by Maddie was om hulle trouplanne te bespreek, was die pyn so kwaai dat hy amper sy bewussyn verloor het. As dit toe maar die einde kon gewees het, dan was alles nou verby, dan sou hy nou dood gewees het en stil, sonder pyn ...

Toe Ben sy kantoor verlaat, het hy nie eens die deur gesluit nie. As 'n mens naby die dood leef, is niks meer belangrik of die moeite werd nie. Hy sou nog net een besluit moes oorweeg: hy moes óf vir Maddie alles vertel, óf verdwyn uit Johannesburg en êrens alleen doodgaan sonder dat Maddie, sy ouers en vriende saam met hom die lyding hoef te verduur. Hy besluit om te verdwyn.

Daar was dadelik nuwe planne wat beraam moes word, al was dit dan net planne om sy aandag van die onverbiddelikheid van die werklikheid weg te stuur. Maddie was gewoond daaraan dat Ben kort-kort moes weggaan vir sake. Dit het die afskeid makliker gemaak. Sy het egter later die aand voor sy aan die slaap geraak het, gewonder waarom Ben se vingers so krampagtig aan haar arms geklou het toe hy haar gesoen het, so asof dit die laaste keer gaan wees ...

Toe Ben die volgende dag Lourenço Marques binnery, het hy vir die eerste keer sedert die vorige aand begin wonder waarheen nou. Hy kon net broksgewys dink en nie te ver in die toekoms nie. Dit sal nie help om verder te dink as 'n paar dae nie. Hy besluit om die nag by 'n Portugese vriend, Martino, deur te bring, 'n ryk handelaar wat verskeie vragskepe besit.

Ben het hom gedurende die oorlogsjare ontmoet toe hy op vakansie in Lourenço Marques was. Dit was in die Cafe Pinguim. Martino het belang gestel in ingemaakte voedselprodukte van die Unie, en aangesien Maddie se pa aandele in 'n inmaakfabriek gehad het, het Ben dié soort besigheid goed geken. Die gevolg van hulle ontmoeting was dat Martino 'n winsgewende besigheid bedryf het en 'n hegte vriendskap met Ben gesluit het.

Martino was soos altyd baie hartlik. Hulle het dadelik begin drink. Daarna die ete en toe die gesels. Martino het onophoudelik gepraat, en dit was toe hy vertel dat daar tans 'n skip van hom in die baai was om 'n vrag voedselprodukte na Portugal toe te verskeep, dat Ben dadelik besef dat hier 'n kans was Portugal toe! Voor hulle daardie nag gaan slaap het, was alles gereël. Ben sou eenvoudig 'n soort „onder-kaptein" op die skip wees.

Daar sou geen moeilikheid wees met die hawebeamptes nie. Elke man het sy prys, ook immigrasiebeamptes.

In Lissabon het 'n neef van Martino hom op die hawe ontmoet. Net soos Martino het hy geen vrae oor Ben se toekomsplanne gevra nie.

Toe hulle by sy wit huis aankom, merk Ben dadelik 'n gees van militarisme op. In die portaal hang verskeie sabels en beuels en orals teen die mure is skilderye van veldslae. Dan sien hy die Portugees se gelaatstrekke op 'n portret, in die uniform van 'n soldaat van die Franse Vreemdelingelegioen.

Dit sou Ben se volgende toevlugsoord wees. Die Portugees was dadelik die ene geesdrif om vir Ben te help om so gou moontlik na Marseilles te vertrek waar hy net by die werwingskantoor kon binnestap en sê hy wil 'n legioenaris word. Niks verder sal vir hom gevra word nie. Hy sal dit dadelik wees. Geen paspoorte, identiteitskaarte of bewyse van goeie karakter nie!

Van Marseilles is Ben saam met 'n hele groep rekrute per skip na Oran aan die Noordkus van Algerië waar Franse offisiere van die Legioen hulle op tradisionele wyse verwelkom het. 'n Kolonel het 'n toespraak gehou. Dit was kort en duidelik: „Julle is welkom, maar nie onmisbaar nie. Dit sal ons aan julle bewys gedurende die maande van opleiding wat volg."

Van Oran moes hulle marsjeer na Sidi-Bel-Abbes, omtrent 50 myl suid in die woestyn – die opleidingsdepot van die Legioen. Ben het vir alle aardse doeleindes opgehou om te bestaan, hy moes nog net doodgaan.

Na drie maande in Sidi-Bel-Abbes het Ben begin wonder waarom hy nooit meer die steke in sy kop kry nie, maar dit het hom nie baie gehinder nie. Hy het van die nuwe soort lewe begin hou net soos alle soldate van die Legioen. Vir hulle was die Legioen op die een of ander manier 'n laaste toevlugsoord voor die dood. Daar was diewe, moordenaars en rowers en daar was dokters, advokate, onderwysers en prokureurs. Maar in die Legioen was almal gelyk volgens 'n orde wat deur 'n rang bepaal word, en die rang word verkry net op grond van een eienskap – algehele veragting van die dood.

Ben was presies twaalf maande in Sidi-Bel-Abbes toe hy 'n luitenant geword het. Die oorlog in Indo-China het voortgewoed en jaarliks is soldate van die Legioen soontoe gestuur. Ben is geloot en moes gaan. Op die skip het hy vir die eerste keer sedert daardie dag in Johannesburg toe dr. MacMillan hom die „doodstyding" meegedeel het, die behoefte gevoel aan vriendskap. Die skeepsdokter het hom eendag vertel dat breinkanker soms tot tien jaar vat voor hy sy slagoffer dood het.

Sy eerste vriend was 'n Duitser. Sy naam was Heinrich Hersz. Hulle het ontmoet toe daar geëet is. Tafels en stoele het geen legioenaris geken nie. Die kos word sommer so staande uitgeskep in bakkies en dan kies elk sy eie koers om dit in te kry. Heinrich het voor Ben in die tou gestaan en die lang getalm met die inskep het hom ongeduldig begin maak. Hy het toe begin belang stel in Ben op die gebruiklike manier – 'n vuishou in die maag. Ben het nie so baie van die kennismaking gehou nie, maar was nietemin bly dat dit nie 'n bajonet was nie. Toe hy sy asem uiteindelik terugkry, het hy die groet beantwoord met 'n geweldige skop teen Heinrich se maermerrie.

Die geveg tussen die twee het lank geduur, maar nie een van hulle was al dood toe die sinjaal vir slaaptyd lostrek nie. Hulle het mekaar die hand gegee en besluit om vriende te word.

Die gevegte in Frans-Agter-Indië was Ben se eerste kennismaking met oorlog, maar dit was nie vir hom 'n sensasie nie. Die eerste ding wat hy in Sidi-Bel-Abbes geleer het, was om 'n man met jou kaal hande dood te maak, en hier het hulle genoeg wapens gehad om dit te doen.

Kersfees was die enigste rusdag wat die Legioen geken het. Maar hierdie Kersfees was daar geen rus nie. Toestande het kritiek begin word. Die Viëtmin-magte het hulle verder en verder teruggedryf totdat hulle wal moes gooi in die vesting by Diën-Biën-Phu.

Laat die aand het 'n vretende eensaamheid vir Ben beetgepak. Sy gedagtes het gedurig teruggedwing na Suid-Afrika, na alles daar wat hy soos in 'n nagmerrie verloor het. Rondom sy herinneringe het Maddie die sterkste uitgestaan. Hy het besluit dat hy haar 'n verduideliking verskuldig is. As hy maar dood was, dan was dit in orde, maar hy leef nog – en dit na ses jaar. Dit sou bedrog wees as hy nie vir haar laat weet dat hy lewe nie. Hy het hom afgesonder van die ander offisiere en in sy sinkgehuggie vir haar 'n brief geskryf. Dit sou die eerste brief wees wat hy in ses jaar skryf.

Luitenant Ben Liebenberg
Legion Etrangére
13 Veldregiment
Diën-Biën-Phu
25 Desember 1953

My liefste

Dit sal nie nou help om vergifnis te vra nie. Ek wil net sê dat alles wat gebeur het, so gebeur het omdat ek jou so innig liefgehad het. En nou dat dit waarskynlik nie meer saak maak nie, voel ek dat ek vir jou moet sê waarom ek verdwyn het – dan sal jou laaste herinnering van my dalk nie te veragtelik wees nie.

Jy onthou die pyne wat ek in my kop gekry het, Maddie – nou ja, ek was na dr. MacMillan toe. Ek kon dit nie vir jou sê nie. Ek het gedink dit sou beter wees as jy liewer onder 'n vals hoop leef dat ek eendag sou terugkeer as om te weet dat ek breinkanker het. Miskien was dit onverstandig van my om so te redeneer. Maar dit was hel. Miskien kon jy dit in my oë gelees het, miskien gevoel het in my hande, die wanhoop en die vrees wat die sekerheid van doodgaan in 'n mens bring.

Sal jy nou verstaan? Liefste, sal jy probeer begryp waarom ek weggegaan het? Ek kan eintlik nie verstaan waarom ek nog lewe nie. Maar vandag het die verlange my gevang. Dis of jy meteens na my gekom het uit die chaos van die verlede, en vir die eerste keer voel ek weer bang vir die dood. Ek kan net nie verstaan dat dr. MacMillan 'n fout kon gemaak het nie!

Ons is nou hier in Diën-Biën-Phu vasgevang. Dit is 'n soort vesting of fort. Die plek lê tussen 'n paar rantjies, half in die vallei. Ons is redelik veilig hier solank ons net die ingang aan die oostekant kan verdedig. Jy moet gou vir my skryf, al is dit net om te sê dat jy begryp wat ek probeer het om te verduidelik – en as jy my nog liefhet, sal ek na jou terugkom ná hierdie oorlog, terug na jou.

Hier waai nou 'n sagte windjie deur my sinkhuisie. Dit voel amper soos jou vingers wat my slape streel. Kan ek my dit maar verbeel? Sal jy vir my 'n foto van jou stuur?

Ek verlang na jou, Maddie.

Met al my liefde
Ben

Toe Maddie die brief ontvang, het Diën-Biën-Phu, net soos die 38ste breedtegraad, alreeds wêreldnuus geword. Alles het gedui op 'n geveg tot die dood. Sy het steeds gehoop dat hy eendag sou terugkom.

Sy het dr. MacMillan gebel. Hy het tussen sy pasiëntkaarte gaan soek. Hy kon dit self nie glo nie. So 'n fout sou nooit vergewe word nie! Die meeste wat hy nog kon doen, was om terug te stap na die foon en dit vir haar te sê.

„Dit moes 'n verskriklike fout gewees het, Juffrou, ek kan dit nie verstaan nie. Daar moes 'n misverstand gewees het. Daar was twee Liebenbergs, 'n B.J. en 'n B.T., en B.J. was die een wat 'n sinusontsteking gehad het. Ek dink wat gebeur het, was ..."

Maddie het nie langer geluister nie. Vir die oomblik was daar nie tyd vir verwyte nie. Haar brief aan Ben was 'n skryfblok vol.

Vroeg in Maart was dit duidelik dat daar geveg sou word rondom die vesting soos nog nooit die afgelope ses jaar nie. Die kommuniste het onophoudelik en verbete aangeval. Kos het skaarser geword, die gewondes elke dag 'n groter las, en die moeson het begin waai. Die dae en nagte het inmekaar versmelt om Diën-Biën-Phu.

Toe die vliegveld uitmekaar geskiet is, het Ben geweet dat geen pos hulle kon bereik nie en dat 'n antwoord van Maddie nie afgelewer sou kon word nie. As hulle net die vesting kon hou. Die aanslag het erger geword. Bomme sonder ophou. Die vyande wou seker maak dat hulle laaste teenstand verkrummel voordat die infanteriesoldate storm. Die laaste slag het twintig uur gewoed. Koerante het gesê dit was 'n epiese slag en dat daar nie oorlewendes was nie. Maar Ben was een van die min.

Hy was swaar gewond, maar almal vleiswonde behalwe sy linkerbeen wat onder die knie 'n skoot weggehad het. Toe hulle hom optel, het hy geweet sy been was af.

Na vyf maande kon hy effens trap op die been. Hy is goed behandel in die gevangenis. Hulle is afsonderlik aangehou. Daar was 'n besondere belangstelling in Ben omdat hy 'n Suid-Afrikaner was. Maar hulle wou nie sy storie glo oor hoe hy in die Franse Vreemde Legioen beland het nie. Hy is oor en oor uitgevra en elke keer is sy antwoorde vergelyk met sy vorige antwoorde. Na twee jaar van aanhouding het hy begin wonder of hy dalk moet sê dat hy die storie opgemaak het en in werklikheid gevlug het nadat hy 'n bank beroof het of iemand vermoor het, of so iets. Hy moes 'n storie kry wat makliker was om te glo. Maar dan het hy weer vasgeval in die moontlikheid dat hulle sy storie kon laat nagaan deur spioenasiedienste en dan gaan hy nog langer sit. Ben was reg en verkeerd. Hy het nie nodig gehad om sy storie te verander nie. Hulle het met behulp van die KGB se agente in Suid-Afrika vasgestel dat sy storie waar was.

Trouens, toe hulle hom die dag loslaat en op 'n Franse vliegtuig sit, kon hulle hom die jongste nuus oor Maddie meedeel. Sy is 'n maand vantevore getroud.

DIE
Huisgenoot
BY DIE POSWESE
AS NUUSBLAD
GEREGISTREER
5 MAART 1956
1s

Oorsaak en gevolg

Hy het in die park onder 'n boom gelê. Op sy sy, met sy vuil hoed skuins oor sy oor, soos 'n stroois se vervalle dak. Sy hare was vaal soos droë kakiebos, maar sag soos vlas wat in wind en son verweer het.

Eers teen sononder se kant kom daar lewe in hom. Dis die brandkol op sy maag wat hom wakker gemaak het. Hy sal weer iets moet eet. As die pyn kom, moet hy iets eet om dit te verdryf. Hy het nog 'n stuk brood oor. Hy haal die bondel vuil koerantpapier uit sy rugsak en begin dit oopvou.

Dan sien hy die foto. Dis met vetkolle besmeer. Hy vou die flenterkoerant verder oop, stryk met sy growwe duim die kreukels weg. Hy kan nou die onderskrif lees:

Dr. en mev. Derek Kohler van Pretoria vertrek eersdaags op 'n uitgebreide oorsese vakansiereis na die Vasteland. Die foto toon die Kohlers tydens 'n onthaal wat hulle by geleentheid van hul silwerbruilof aan hulle huis in Waterpoort gegee het. Kabinetslede, diplomatieke verteenwoordigers en ander hooggeplaastes het die feesviering bygewoon.

Die brood was al halfdroog. Hy moes dit liewer in vaalpapier toegedraai het. Koerantpapier is nie so dig nie. Die brood smaak soos kleierige modder in sy mond. Hy kan dit nie afsluk nie.

Hy sien weer die foto. Haar hare word al grys. Vyf-en-twintig jaar is 'n lang tyd. Sy was destyds vier-en-twintig. Hulle was drie jaar getroud …

Die hoë sipresbome is 'n kerker om hom. Hoë mure wat hom inperk en dwing om in die kleinlikheid van sy walglike bestaan in te kruip.

Hy gaan lê op sy rug en kyk na die grys wasigheid van die lug. Dan is die heelal weer rondom hom. Hy is tussen die niks, deel van niks. Sy denke warrel in verwardheid. Eindelik sal net die dood oorbly. Die dood. Al rede waarom die lewe nog die moeite werd is, is omdat hy sal kan doodgaan.

Hy het nooit kon dink dat dit al vyf-en-twintig jaar is nie. Hy het die jare nie getel nie. 'n Mens tel net die tyd as jy iets verwag.

Die brood koek nog steeds in sy keel. Hy moet dit inkry, want die pyn sal erger word. Hy sukkel op en gaan drink water by 'n kraan. Eers wil hy sy hande met die stuk koerant afvee, maar dan sien hy weer die foto. Hy skeur dit uit en steek dit in sy flentersak. Sy was tog eenmaal sy vrou, al was dit vyf-en-twintig jaar gelede. Sy het haar silwerbruilof gevier. Sy en Derek Kohler. Hy wil ook iets gaan vier.

Hy het nog sewe-en-ses van die tien sjielings wat die predikant hom gegee het. In die „Melody" sal hy vir sewe-en-ses lekker kan kuier, ter viering van 'n geleentheid soos dié.

Die derde wyn het sy maag stilgemaak. Sy brein helderder. Naderhand het ou Porrelwater en Kokkelol hom gehaak. Die jare het minder geword soos die sopies vermeerder het …

Dit was 'n groot bruilof. Haar ouers was gesiene mense. 'n Groot dag. Hy het pas sy graad in die regte gekry en sou by Jansen en Van den Berg in Johannesburg begin. Dit was een van die bekendste prokureursfirmas in die stad. Sy beginsalaris sou nie watwonders wees nie, maar Hilda sou aanhou werk as tikster by 'n maatskappy, en sy het 'n vet salaris gekry. Daarmee sou hulle kon deurkom totdat hy sy prokureurseksamens agter die rug het. Die lewe was voor hulle. Alles was so seker soos 'n breë rivier wat in die see moet vloei. Ongelukkig is die grootste watervalle ook op plekke waar riviere breed is.

Dit was drie goeie jare ...

„Nog 'n sjerrie, ou pel!" Porrelwater gee vanaand niks om hoeveel hy op sy vriende spandeer nie.

Ja, dit was goeie jare. Maar alles het vergly in die vyf-en-twintig jaar. Op die foto is daar niks meer oor nie.

Hy vat sy glasie en gaan sit eenkant by die windskewe ou tafeltjie in die hoek. Hy kyk weer na die foto. Dis die vrou wat eenmaal saam met hom geleef het en geslaap het. Nou voel dit vreemd, onwerklik. Derek Kohler se gesig lyk soos die duiwel s'n langs hare. Miskien is hy die duiwel.

Hy onthou nog hoe die dominee by hul katkisasie gesê het dat die duiwel soms in menslike gedaante voorkom. Dan is die opskrif in die koerant eintlik verkeerd: dit moes gewees het „Dr. en mev. Duiwel". Dit pas goed. Hulle het 'n hel gestig en nou brand hy daarin; en miskien sal hy in die dood nog verder moet brand omdat die duiwel sy vrou gevat het. Hier op aarde moes hy twee jaar tronk toe daarvoor.

Sy was 'n goeie tikster. Totdat Derek Kohler van Amerika af teruggekom het met 'n doktorsgraad, en besturende direkteur van die maatskappy geword het.

Hy was al amper klaar met sy eksamens en Hilda het nie veel langer nodig gehad om te help verdien nie. Maar hy was tog bly toe Kohler haar 'n verhoging van £10 per maand gegee het. Die man het bepaald haar talente waardeer. Alles het so onskuldig gelyk.

En toe het daardie konferensie in Bloemfontein plaasgevind. Hilda het hom met trane in haar oë kom vertel van die arme ou tikstertjie wat haar verlof sou moes kanselleer omdat dr. Kohler gesê het sy sal moet saamgaan om die notule van die konferensie te gaan tik. „En haar moeder lê op sterwe," het Hilda haar treurmare afgesluit.

Hy het voorgestel dat Hilda dan maar moet inwillig om in haar plek te gaan.

Dit was 'n fyn set! Hilda het eers geweier. Maar dit was deel van haar spel. Later het sy toegestem toe hy daarop begin aandring het. Min het hy geweet dat dit die begin van die einde sou wees!

Toe Hilda ná twee weke terug was, was sy nie meer sy vrou nie. Hy het dit geweet die oomblik toe sy hom gesoen het. Sy het eers 'n week later beken dat sy hom nie meer liefhet nie. Hulle is geskei. Kohler het vir die hele besigheid betaal. Nie lank daarna nie is hy en Hilda getroud. Dis nou vyf-en-twintig jaar gelede.

Porrelwater se gebrul laat hom opskrik.

„Ek sjê, ou pel, djy daa doer, wa's dan nou de mêrrie met die sjees? Kom weg uit die satanhoek en kom vat sjees! Hier's nog sjerrie."

Die kroegkoor het in sy ore gefluit. Selfs Porrelwater het heeltemal normaal gelyk. 'n Gentleman. Maar iets het verkeerd gegaan met sy feesviering. Een deel van sy herinneringe was dronk en een deel nugter.

Hy was nooit dié soort nie. Hy het 'n toekoms gehad. Nou het hy nie eens 'n verlede nie.

Hy het hulle nooit genoeg gehaat nie. Selfs nou haat hy hulle nie genoeg nie, omdat hy homself die meeste haat. Hy was op 'n universiteit. Hy het 'n graad. Porrelwater is 'n dronklap en 'n rondloper, en as hy nugter is, is hy 'n vark. Kokkelol se ma was 'n straatvrou. Dis nie sy klas nie. Sy ouers was mense met beginsels. Hy kon parlementslid gewees het.

Binne-in hom brand dit erger. Die pyn dring deur sy brein. Hy sluk dit weg.

Miskien, as Kohler nie daardie aand so astrant was nie, sou dit anders gewees het. Maar die twee jaar in die tronk ...

Hy het daardie nag te bitter gevoel. Die egskeidingsaak was net verby, toe Kohler by sy woonstel opgedaag en Hilda se goed kom haal het. Hy het alles gevat, ook die ring en oorbelle wat hy die vorige Kersfees vir haar gekoop het.

Dit was te veel. Die regter kon nie verstaan dat 'n man onder sulke omstandighede sy humeur so kon verloor dat hy 'n ander man bewusteloos slaan en dan nog aanhou slaan nie. Twee jaar moes Bob daaroor gaan nadink tussen mense soos Porrelwater en Kokkelol. Jy word nooit weer dieselfde nie. Jy probeer, maar jy kom altyd terug – soos 'n hond na die vullisblik waar hy eenmaal 'n stukkie oorskietkos gekry het.

Porrelwater skreeu in sy oor dat hy liewer moet loop lê en vrek soos 'n brandsiek hond as hy nie saam wil jol nie.

Miskien is hy reg. Hy is nie deel van die fuif nie, nie vanaand nie. Of dalk is hulle nie deel van sy fuif nie.

Buite laat die vars lug hom steier. Sy maag brand soos vuur. Hy moet by die park uitkom. Sy bene is styf en moeg, weier om hom reguit te dra.

Stringe motors jaag op en af in die straat. Die ligte verblind hom. Hy wil oorkant kom, in die park, by Louis Botha se standbeeld. Miskien verbeel hy hom dat die motors so vinnig ry. Hulle mag nie in die stad vinnig ry nie. Hy onthou dat hy jare gelede toe hy self 'n motor besit het, dikwels spoedboetes moes betaal as hy vinniger as 30 myl per uur gery het. Hy strompel oor die straat. 'n Groot luuksemotor se bande skreeu op die teer soos die bestuurder die rem trap om hom mis te ry. Die motor swaai regs uit en bots kop aan kop met 'n aankomende motor. Hy hoor nie die slag nie en voel verlig toe die verkeer aan albei kante van die straat met 'n helse lawaai van skurende bande en toeters tot stilstand kom. Nou kan hy veilig oorstap.

In die park gaan lê hy op die gras in die donker skaduwee wat die standbeeld gooi. Hy maak sy oë oop. Dit lyk of die standbeeld op hom gaan val. Hy maak sy oë toe. Die pyn kruip op in sy bene, oor sy knieë tot by sy maag. Al die pyn spoel daar saam soos die reën in 'n plaasdam. Miljoene vrese pak hom beet.

Die pyn is al in sy kop. Agter sy oë druk dit soos warm lopende lood, druk die sterre voor sy oë dood. Derek Kohler dans voor hom met 'n vlymskerp stert en 'n drietandvurk, gereed om hom te braai tot as. Hy hoor 'n ambulans se driftige sirene.

Dan verdof sy denke. Die pyn word minder. 'n Magtige iets het hom beet en voer hom weg, verder en verder …

'n Ster verskiet – 'n blink boog.

'n Wens is vervul.

Die man wat die gras in die park sny wonder al die hele môre wanneer die boemelaar wat langs die standbeeld lê, gaan opstaan. Met die volgende baan wat hy moet sny gaan die kêrel se skoene in die pad wees. Hy stop duime duskant die verslete skoensole. Hy rol die man om. Sy oë is star en oop en dood. Hy hardloop na die opsigter. Die opsigter kom kyk. Die man is dood, sê hy. Hy is al styf. Hy wonder of dit nie die vent is wat gisteraand voor die Melody-kroeg roekeloos oor die straat gewaggel het en die ongeluk veroorsaak het waaroor al die koerante vandag berig nie. Almal soek sy bloed want 'n bekende sakeman en sy vrou, dr. en mev. Derek Kohler, is op slag gedood toe hulle voertuig uitgeswaai het vir 'n man wat uit die kroeg gekom het en nog nie opgespoor kon word nie.

DIE **Huisgenoot**

(uitgegee deur Nas. Tydskrifte, Bpk.)

DIREKTEURE: MNR. H. R. MALAN, MNR. J. DE LA R. DU TOIT, BESTURENDE DIREKTEUR: DR. C. F. ALBERTYN.

TELEFOON: 3-4831
TELEGRAMADRES:
„HUISGENOOT"

DJK/RK

Posbus 1802,
KAAPSTAD.

21 November 1955.

Mnr. R.F. Botha,
Dept. van Buitelandse Sake,
Uniegebou,
PRETORIA.

Geagte mnr. Botha,

i/s: TWAALF JAAR.

Voordat u teleurgesteld raak - ons aanvaar die verhaal. Dis 'n treffende vertelling wat byna tasbare pyn veroorsaak soos 'n mens voortlees. Mooi is die siening van die man in die tronk veral.

Maar, u kan 'n man nie sô straf, onskuldig, nie en hom dan ná 'n leeftyd in die tronk nog sonder welke vergoeding, sonder hoop, sonder berusting selfs, onder in die kuil laat nie. Die slot, voel ons, moet gewysig word - laat ek liewer sê: uitgebou word. Want u moet twee dinge nie doen nie: die verhaal kan nie heel gelukkig eindig nie en Pieter mag nie selfmoord pleeg nie. Maar ek meen daar moet berusting, aanvaarding kom. (Die Duitsers praat mos van Lebensbejahung).

Kyk wat u kan doen en laat kom hom weer.

Die uwe,

Kamfer.

NAMENS DIE REDAKTEUR.

Die brief is onderteken deur Dirk Kamfer. Nie lank ná die skryf hiervan nie het hy selfmoord gepleeg.

Twaalf jaar

„Die regsgeleerdheid is die kennis van goddelike en menslike sake, die wetenskap van die regverdigheid en die onregverdigheid ..."

Hierdie woorde is deur Keiser Justinianus geskryf toe hy sowat veertien eeue gelede een van die grootste kodifikasies in die regsgeskiedenis van die wêreld onderneem het.

Toe was dit waar, maar Keiser Justinianus sou seker op sy rug geval het as hy moes weet dat sy stelling 1400 jaar later nog sou steek hou.

Ek is nie van plan om oor die aard van die reg uit te wy nie. Ek wou eintlik net ietsie vooraf sê voordat ek van Pieter Brandt vertel.

Pieter Brandt was 'n doodnormale mens. Hy het op Christiana in Wes-Transvaal grootgeword. Hy kon goed swem, perdry en rugby speel. Hy het 'n nooientjie gehad en tog sy skoolwerk goed deurgekom, hy was dus 'n doodnormale mens volgens die norme van die Transvaalse Onderwysdepartement. (Ek dink die norme verskil van provinsie tot provinsie.)

Sy ouers was nie ryk mense nie, maar hulle kon goed leef en hulle was verstandig. Pieter kon ná matriek kies na watter universiteit hy wou gaan. Sy ma wou hê hy moet predikant word en sy pa sou tevrede wees as hy net iets word.

Pieter het aanvanklik na sy ma geluister en besluit om predikant te word. Hy is na die Universiteit van Pretoria. Nadat hy presies veertien dae met die studie van die teologie geworstel het, het hy tot die besef geraak dat hy uitgeknip was om advokaat te word. Sy ma het gehuil, maar sy pa was tevrede.

Die lewe op universiteit was heerlik. Jy kon bioskoop toe gaan net wanneer jy wou, en as jy nie klas toe wou gaan nie, was dit ook jou saak. Daar was die jool en intervarsities, danspartye en fuifpartye.

In Oktober het die jakarandas geblom. Dit was lente en eksamentyd. Pieter het al vyf sy eerstejaarsvakke geslaag. Sy ma het vir al die bure op die plaas vertel dat haar seun 'n regter gaan word.

Die tweede jaar sou die goue jaar wees. Pieter was nou 'n groot man, volkome volwasse en volleerd. Meisies het ook nou 'n noodsaaklike deel van die akademie geword.

Dis waar Henda van Niekerk in die verhaal kom. Pieter het haar met die jool ontmoet. Die regsfakulteit se vlot sou die balkontoneel uit Romeo en Juliet voorstel. Pieter was Romeo en Henda Juliet. Die skyn het werklikheid geword. 'n Week voor die tweedejaars se eindeksamen het Pieter tot die slotsom gekom dat hy smoorverlief was op Henda. Hy het die eksamen naelskraap geslaag.

Vroeg in sy derde jaar het die studente se weekblaadjie formeel aangekondig dat Pieter Brandt en Henda van Niekerk „gecase" was.

Henda se pa was 'n dokter. Hulle was gesiene mense en daarom het hulle in Waterkloof gewoon. Haar ouers het van Pieter gehou. Eintlik was dit haar ma.

Henda was mooi. 'n Meisie om van te droom. Hul liefde was mooi. Daar was 'n hele lewe voor om dit uit te leef.

Pieter se pa het van Henda gehou omdat sy lief was vir die plaas. Sy ma het ook van haar gehou, maar het dit nie gewys nie, want sy was bang hulle sou te gou trou en trou is nie perdekoop nie.

Pieter is dié jaar as dirigent vir intervarsity

gekies en Henda was joolkoningin.

Maar die intervarsity was vir Pieter nie so 'n heuglike dag nie. Sy ouers kon nie kom nie. Dit was droog op die plaas. Sy pa moes begin weiding soek vir die skape. Hy het gewonder wat sy pa sou dink as hy die koerant moes oopslaan en sy seun in 'n veelkleurige manelpak met 'n glasie sjampanje sien staan en grappe maak terwyl dit so droog is op die plaas. Hy het sy pa se hart geken. Sy pa was 'n boer. As dit droog is, sterf 'n boer saam met sy skape en mielies.

Toe die winter kom, het dinge begin sleg lyk. Pieter is huis toe 'n week voordat die eerste semester sou sluit.

As Christiana se wêreld droog word, dan lyk dit nie mooi daar nie. Die wind waai duine oor die pad. Saans gaan die son in bloed onder. Snags is daar sterre, want daar is geen reën en geen wolke nie. Dis dan wanneer die boer net aanhou bestaan sonder dat hy lewe.

Die skape het eerste gevrek en toe die varke en hoenders. Heel laaste die beeste. Al wat oorgebly het, was die donkies en meerkatte. Hulle vrek nooit nie omdat hulle geen waarde het nie.

Toe Pieter die einde van die jaar die finale eksamen vir die B.A.-graad geslaag het, was die droogte nog nie gebreek nie. Daar was die vakansie niks om te doen op die plaas nie. Hy het besluit dat dit tyd geword het om vir werk uit te kyk. Hy kon sy studies vir die LL.B-graad buitemuurs voortsit.

Hy het sy eerste vastrapplek gehad – 'n graad. By die Staatsdienskommissie het hy gaan aanklop om 'n betrekking. Met 'n graad kon hy moontlik 'n pos in die Departement Buitelandse Sake in die Unie se diplomatieke en konsulêre diens kry. Hy moes aansoek doen en voor 'n keurraad verskyn. Hulle het hom aangestel. Die salaris was nie watwonders nie, maar dit was interessante werk.

Henda, wat ook haar graad behaal het, het onderwyseres geword. Hulle het mekaar nou minder gesien en gevolglik meer geheg geraak aan mekaar. Dit het hulle huwelik gouer laat plaasvind. Die universiteitslewe was meteens iets van die verlede – net 'n fase in hul lewe. Hulle het nou kans gesien vir die lewe en 'n huwelik. Hulle sou gesamentlik meer as £50 per maand verdien.

Pieter het hard gewerk. Toe daar nog een jaar oor was voordat hy sy LL.B.-graad kon kry, is hul seuntjie gebore. Pieter het vasgebyt en snags gestudeer ten spyte van die huilende baba in die woonstel.

Toe die warm weer van Oktober gekom het, het hul seuntjie polio gekry. Dit het slegter en slegter gegaan. Pieter se ouers het gekom. Maar hulle moes sien hoe die kind dag na dag agteruitgaan.

Die aand ná die begrafnis het Pieter sy lewe oordink. Hy kon geen verklaring vind vir die ding wat in hul lewe gebeur het nie. Sy ma het gesê dit is die wil van die Here. Sy skoonpa het die mediese wetenskap vervloek omdat hulle nog geen middel teen die gevreesde siekte gevind het nie.

Pieter het die finale eksamen nie geskryf nie. Die woonstel was eienaardig leeg. Henda het lankal nie meer gewerk nie en die dood van hul kind het haar oud laat lyk. Hulle het begin swaarkry. Daar was baie dokters- en hospitaalrekeninge om te betaal. Henda moes gereeld slaappille drink om te kon slaap. Pieter het haar liefgehad en hy was jammer vir haar. 'n Skuldgevoel het in hom gegroei dat hy die oorsaak van alles was ...

Een nag het Henda verwilderd wakker geword. Sy was histeries. Sy het gekerm dat sy nie langer wou lewe nie.

Pieter het haar 'n dop brandewyn ingejaag en toe lank en mooi met haar gepraat. Hy het besef dat hy haar in die laaste tyd afgeskeep het. Hy wou self van hul kind vergeet, en om dit te doen, moes hy ure lank werk en besig bly, hy moes nie kans hê om te dink nie. Sy vrou het hy afgeskeep. Miskien moet hy maar die studie laat los, het hy gedink. Hy was egter nou so naby die einde – net nog 'n paar maande, dan het hy sy graad en dan kan hy iets anders gaan doen en weggaan van Pretoria af en van die herinneringe … Hulle sal 'n huis kan hê en 'n ander baba, en nog 'n kindjie … en dan sal hulle vergeet …

Pieter het 'n sielkundige gaan spreek oor sy vrou. Dié het gesê hy moet vir haar 'n rewolwer koop. Al wat sy makeer, is dat haar senuwees op hol geraak het, en as sy dan saans alleen by die woonstel is, verbeel sy haar allerhande dinge. As sy 'n rewolwer by haar het, sal dit 'n gevoel van sekerheid bring en sal sy haar met ander dinge kan besig hou as gedagtes aan inbrekers en aanranders.

Dit het gewerk. Pieter het meer aandag aan Henda gegee en van hul vriende uitgenooi om saans, wanneer hy in die klas was, by haar te kom kuier.

Die eksamens het weer nader gekom. Pieter het begin berus, die spoor weer gevind om voort te gaan, net soos sy pa na elke droogte maar weer moes voortbeur.

Henda het egter moeilik reggekom. Sy het weer begin skoolhou, maar net vir 'n paar dae. Die kinders maak haar mal, het sy gesê. Sy is moeg vir die lewe.

Een oggend het sy vertel dat sy dié nag van hul kind gedroom het. Die kind het met 'n lang trap uit die hemel afgeklouter tot by haar en aan haar gedrink asof hy baie dors was in sy droë graf. Sy wonder nou net wat die kind gaan maak as hy weer moet dors kry en sy is nie by hom nie.

Toe Pieter die aand terugkom, was Henda in 'n opgewekte stemming. Daar was vriende van hulle die middag by haar, en kort voordat hy gekom het, was haar ouers ook daar. Sy het hom omhels en lank gesoen. Dit was amper soos vroeër, toe hulle nog „gecase" was. Sy het meteens weer mooier gelyk en jonk en lus vir die lewe.

Hy het die nag lekker gewerk tot oor drie. Toe hy gaan inkruip en net wou insluimer, spring Henda met 'n gil uit die bed.

Pieter was half deur die slaap. Dis donker in die kamer. Hy vra haar wat aan die gang is. Dan bars sy iewers in die kamer in snikke uit en roep: „My kind, my kind, hy's so dors, so dors … gee my kind …"

Pieter onthou dadelik wat sy hom die oggend vertel het. Dis 'n nagmerrie. Hy hoor hoe sy 'n laai van sy klerekas ooptrek.

'n Koue vrees pak hom beet. Sy rewolwer word in een van die laaie gebêre.

Hy spring vinnig op. Henda gil: „Ek wil nie meer …"

Hy was te laat. Dit was ook te donker en hy kon nie goed sien nie. Hy het haar aan die skouer beetgekry, haar hande probeer vasgryp en toe het die skoot geknal. Sy het inmekaar gesak. In sy linkerhand het hy die rewolwer vasgehou. Dit was pikdonker …

Eers toe die ander woonstelbewoners aan die deur klop, het hy besef dat Henda êrens voor hom lê. Hy het die lig aangeskakel, die deur oopgemaak en teruggestap na Henda. Daar was bloed oor haar nagrok. Sy het nog asemgehaal. Iemand het van 'n ambulans gepraat. 'n Vrou het iets van moord gesê.

Pieter het afgebuk en die rewolwer neergesit. Henda het gekreun. Hy het haar kop omhoog gelig. Haar oë was dof. Haar liggaam was nog warm.

Dan bewe haar lippe. Sy hyg na asem. „Pieter, Pieter, waarom … waarom …" Toe het sy gesterf.

Dit was die hofsaak van die jaar. Die Staat se getuienis was verdoemend. Die vrou was die hele dag opgeruimd. Die lig het tot laat die nag gebrand. Daar was 'n gil en toe die skoot – en die rewolwer in sy hand. Daar was getuies wat oomblikke daarna op die toneel gekom het. Die gestorwene se laaste woorde is deur 'n hele paar mense aangehoor.

Hierop kon Pieter net vertel wat presies gebeur het. Sy storie was te eenvoudig om geloofwaardig te klink. Hy het tot laat die nag gewerk en net voordat hy aan die slaap wou raak, het sy vrou uit die bed gespring. Sy was histeries. Hy wou nog met haar praat, maar sy was reeds by sy klerekas waar sy rewolwer gebêre was. Hy het in haar rigting gehardloop en die rewolwer uit haar hand probeer ruk, maar dit was te laat. Hy moes die rewolwer uit haar hand gepluk het en gelyktydig die skoot afgevuur het. Hy kon nie onthou of sy die sneller getrek het nie. Dis ook moontlik dat hy dit kon gedoen het toe hy die wapen beetgekry het. Dit was donker en hy kon nie sien nie.

Die hof was volgepak toe die staatsaanklaer op die laaste dag van die verhoor die jurie toegespreek het.

Die hof het in spanning op die bevinding gewag. Na 'n paar uur het die jurie teruggekeer. Hul bevinding was eenparig: „Skuldig, met versagtende omstandighede. Die beskuldigde was waarskynlik nie toerekenbaar toe hy die daad gepleeg het nie." Die regter se uitspraak was kort en saaklik: lewenslange gevangenisstraf, „en miskien kan jy jouself gelukkig ag".

Pieter se ma en pa het stadig na hom aangestrompel net voor hy weggeneem is. Hulle het hom gegroet soos jy iemand groet wat jy nooit weer sal sien nie.

Die tronk was 'n toevlugsoord. Eindelik sou hy beskerm wees teen die mense. Die mense, met hul diaboliese belangstelling.

As 'n mens 'n paar jaar in die tronk sit, begin jy vergeet waarom jy daar sit. Jy weet net jy is daar. Dit is al. Die dae maak nie meer saak nie. Dis net die jare, want aan die einde van die jaar is daar lekker kos met Kersfees ...

Pieter se ouers het hom elke drie maande kom besoek.

Sy pa is dood toe Pieter ses jaar uitgedien het. Sy ma is in die agste jaar dood. Hy het gehoor dat hy die plaas geërf het. Sy pa se prokureur het vir hom die brief van sy pa gebring wat in die testament verseël was.

My Seun

Wanneer jy hierdie woorde lees, sal ek nie meer daar wees nie. Die plaas is joune. Jy is ons enigste kind. Ons weet nie of jy skuldig was of nie, maar wat ook al die posisie was, onthou: my skape het baie gevrek en my oeste het doodgebrand sonder dat ek iets verkeerds gedoen het.

Ons was nooit verbitter nie. Net verdrietig. Mag ons Liewenheer jou Leidsman wees.

Jou Vader

Eers nadat sy moeder ook dood was, het Pieter besef dat alles nou werklik verby was. Hy het die begeerte om ooit weer uit die tronk te kom, verloor.

Twee maande voor die einde van sy twaalfde jaar het die hoofbewaarder hom kom sê dat die Minister sy ontslag oor twee maande goedgekeur het weens goeie gedrag.

Hy het die dae nie getel nie. Dit het eintlik nie meer saak gemaak nie. Hy het geleer om alles dood te dink tussen die klipmure van die tronk. Buite sou dit anders wees. Dinge sou terugkom – en daarmee die pyn. Hy sal verlore voel in die wêreld buite die tronk en die mense sal weer na hom kyk soos in die hof.

Die twee maande het gou omgegaan. Dit was die middag van die een-en-twintigste Oktober toe die hoofbewaarder, mnr. Geldenhuis, opdrag gegee het dat gevangene nr. 1091 toegelaat moes word om burgerlike klere aan te trek en daarna na sy kantoor gebring moes word.

„Brandt, nou is jy vry. Dit sal moeilik gaan om weer die spoor te vat. Twaalf jaar is 'n lang tyd. Maar ek wil jou graag sê dat jou gedrag en houding deur al die bewaarders onthou sal word, omdat jy altyd beskaafd opgetree het. Nou ja, dis nie nou tyd om te preek nie. Jy wil seker graag buite hierdie mure wees. Hier is vir jou 'n paar pond wat ons onder mekaar gekollekteer het, en hier is 'n tassie klere. Tot siens, Brandt ..."

Pieter Brandt. Gevangene nr. 1091.

'n Oomblik wonder hy wat sy tweede naam is. Dan kom dit stadig tot hom terug. Johannes. Dit was Johannes. Toe hy op sy troue voor die preekstoel gestaan het, het die predikant hom Pieter Johannes genoem; maar dis so lank gelede nou, en buitendien maak die „Johannes" nie meer saak nie.

Die belangrikste is die nommer ... 1091.

Twaalf jaar, en 1091. In hierdie twee begrippe lê sy lewe saamgevat, meedoënloos, soos klip in beton.

Pieter het na die hoofbewaarder gekyk soos iemand wat na 'n verre horison staar en eintlik niks raaksien nie.

„Dankie, meneer Geldenhuis. Dankie vir die geldjies en die tassie. Tot siens, meneer Geldenhuis ..."

So het hulle destyds in die staatsdiens ook gemaak. As een weggaan, kry hy 'n paar pond van sy kollegas.

Buitekant het Pieter eers 'n oomblik stilgestaan. Motorkarre het 'n paar voet voor hom verbygejaag. Snaakse modelle, wat hy nog nooit gesien het nie. Hy het huiwerig weggestap van die beskermende nabyheid van die tronk. Alles is so vreemd hier buite.

Dan sien hy die persblou jakarandas. Lente. Pretoria. Lentefeeste en jakarandakoninginne. Universiteit. Eksamen. Die sypaadjie lê vol blomme. Party is nog mooi maar die meeste is al plat getrap en lyk amper vuil. Voor hom drup 'n blou blom af en dwarrel oor die teerstraat weg. Toe hy op universiteit was, het hulle geglo dat as daar 'n jakarandablom op jou kop val, jy die eksamen sal deurkom ...

In Kerkstraat het hy 'n bus gekry, Kerkplein toe. Daar was baie liggies en baie mense. Die baie mense maak hom verbouereerd.

Twaalf jaar. Een oomblik 'n leeftyd, dan is dit soos gister. Hy skrik as hy die beeld in die middel van die plein sien. Paul Kruger. Twaalf jaar gelede was die beeld nie hier nie! Toe was daar 'n visdam waarin mense gestamp is by politieke vergaderings ...

Sy kop voel seer. Die mense loop aanhoudend. Hy gaan sit op die gras en maak sy oë toe. Busfluitjies en motorkarre en voetstappe op die grond rondom hom. Nou sien die mense hom nie meer raak nie. Net af en toe kyk iemand na hom. Miskien weet almal darem nie. Twaalf jaar laat die mense vergeet. Hy kyk na die beeld, die hoekfigure. Die weerlig flits 'n oomblik. Oom Paul het vir hom gekyk! Onder op die trappies van die voetstuk sit die mense soos swaels op telefoondrade.

Hy kyk na bo, na die nag. Daar is geen sterre nie, maar daar is 'n geel kol in die wolke waar die maan moet wees. Miskien moes hy eers môre uitgekom het. Nou is hy te verward, verdwaas. Maar môre sal net soos vandag wees.

Hy is ontuis. Hy wil alleen wees. Hy sal in die ou Boerefort op Skanskop buite die stad gaan slaap.

Dit was 'n lang stap tot by die fort. Hier het hy en Henda altyd Saterdagmiddae kom sit en kyk na die stad en die berge en aan mekaar gesê dat hulle liefde net so wyd is as die vertes rondom hulle.

Bo-op die ou kanonpos gaan hy sit. Ver onder is die stad. Nou is hy alleen. Die Uniegebou is verlig. Hy kan die venster van sy kantoor sien – die donker spikkeltjie langs die groot pilare op die linkerkantse punt van die gebou. Hy kon die fort altyd van sy kantoor af sien. Nou sien hy sy kantoor van die fort af.

Twaalf jaar ...

Dit is baie stil hier. Die stilte van 'n bouval. Iets wat was. Die wind roer die lang gras voor hom. Links onder streep honderde motors agtermekaar na 'n oop kol waar hulle dan stilhou voor 'n groot, wit doek waarop figure beweeg: 'n bioskoop in die veld.

Twaalf jaar.

Die maan het deur 'n bars in die wolke gebreek en dis nou ligter. Hy sal onder in een van die selle van die fort gaan slaap.

'n Paar deure is gesluit. Die laaste twee is oop. Dit ruik muf daarbinne. Hy trek 'n vuurhoutjie. Teen die mure is allerhande goed geskryf en geteken soos teen die mure van 'n latrine in 'n derderangse hotel.

Hy gaan buite onder 'n boom lê. Hy hoor die krieke en tussenin 'n padda, soos op die plaas by die dam toe daar nog 'n leeftyd voor hom was.

Twaalf jaar. Nommer 1091.

Henda. Swart hare. Sagte vingers wat sy voorkop streel, langs sy slape, die moegheid van ure se studeer wegveeg. Lippe wat hom wegvoer, dronk maak, sy wete en denke deurmekaar skommel.

Henda. Liefde en die ou fort. Vrou en kind. Hul kind ...

Dit is die oomblik dié wat hy gevrees het. In die tronk was hy tussen mure wat hom toegehou het, sy gedagtes en denke vasgehou het. Nou het die herinnerings handuit geruk, soos 'n dwarrelwind wat stof en vuil papiere inmekaar draai en koersloos wegwaai ...

Die maan is nou helder en vol bokant hom, maar dit begin newelagtig rondswem in sy oë. Trane. Hy proe die sout.

Hy kry nie die tronkkos uitgebraak nie.

Iewers êrens agter die maan moet tog 'n God wees. 'n Mag, 'n Iets. Êrens in die grou, diep duister om hom moet Henda wees. Kan hulle dan nie help nie, nie sien nie, nie weet nie! Hy hou sy vingers krampagtig voor sy oë en kyk na hulle. Benerig en grof. Sy vel is grof en skurf soos 'n vlakvark s'n.

Dan rol die volle besef van sy lewe soos 'n groot roller oor hom, druk hom plat, magteloos plat totdat dit voel of hy stik. Hy roep in die nag: „O, God, hoe vreeslik om 'n siel in hierdie wrak rond te dra!"

Die stad se baie liggies span soos reënboogstrepe voor sy oë. Dan vervaag alles om hom. Ook die twaalf jaar en die nommer 1091. Dit spoel weg in die stroom van sy trane ...

Toe hy sy oë oopmaak, is die veld nat van die dou. Hy het opgestaan, na die stasie gestap en 'n enkelkaartjie na Christiana gekoop.

Toe Pieter die onderdeur van die kombuis oopstoot, was Jantjie besig om die roomafskeier inmekaar te sit. Pieter het 'n oomblik gewag totdat sy oë aan die skemerte in die kamer gewoond geraak het. Toe praat hy:

„Ou Jantjie, watter koei gee nou die meeste melk?"

Die arme Jantjie se gesig het die kleur van wilgerstomp-as gekry waartussen sy groot oë soos twee laaste kooltjies gloei. Toe breek sy geheue deur twaalf jaar.

„Pieta, auk! Darem disse jy, darem disse nie die sjees nie, auk!"

Pieter het geweet dat hy eindelik terug was op die plek waar hy gelewe het voor die twaalf jaar begin het. Hy het die plaas kruis en dwars geloop die res van die dag. Sy pa se prokureur het alles goed versorg.

Die mielies se bleekgroen blaartjies het net begin deurbars deur die grond en die lande vir die grondboontjies was al klaar geploeg.

Net voor sononder het Pieter afgestap rivier toe om te gaan swem.

Honderde vinke het tussen die fluitjiesriet gedwarrel. Die blou van die hemel het op die water gedryf. Eers is hy bang om hierdie kalmte te verstoor, maar toe duik hy in en swem vinnig na die eiland in die middel van die rivier. Hy gaan lê uitgestrek op die warm sandbank. Ver waar die rivier draai, staan verdwaalde doringbome swart teen die potloodhorison. Teen die waterkant wieg die wilgers heen en weer.

Pieter kyk op toe hy die vlugslae van die bosluisvoëls se vlerke hoor. Een-een kom hulle huis toe vir die nag. Soms twee gelyk. Laag oor die water. 'n Laaste paar lang hale en dan sweef hulle soos wit wolke deur die ruimte.

Sweef weg ... en verdwyn ... soos twaalf jaar.

MONTÉ

Draaiboek

Die gebou lyk net soos die mense wat daarheen gaan. Buitepasiënte. Buite is dit vuil, maar binne lyk dit beter. Mense uit die middelklas gaan alleen soontoe as hul rêrig bankrot of baie suinig is. Hier kry mense gratis behandeling.

Die dokters kom eers na twee die middag, maar die mense staan al tou hier van twaalfuur se kant af. Nuwe pasiënte moet eers by 'n toonbank hul name en ander persoonlike gegewens verstrek. Hulle kry dan elk 'n papiersak-kleurige kaartjie met 'n nommer en naam daarop. Wit kaartjies word te vinnig smerig.

Die Donderdag was daar baie mense. Donderdae is die dag vir al die kwale van die onderlyf. Die siektes waarvoor die mense skaam is omdat dit in verband staan met dinge waaroor 'n mens skaam moet wees.

Almal moet in die wagsaal wag totdat elkeen se naam uitgeroep word. Dan staan die „geroepene" op en verskyn voor die suster wat geroep het, en sê dan waaroor hy of sy die dokter wil sien. Die meeste mense sê gewoonlik „blaasmoeilikheid". Daar is egter ouer mense wat nie meer dink sulke dinge is snaaks nie en sommer padlangs praat oor die kwale.

Die suster hou daarvan. Sy hou van haar werk. Doen dit met dramatiese genot, want vanaand gaan sy weer op smaaklike wyse van die „onsmaaklikhede" kwytraak. Sy is groot en vet en as dit nie was dat sy die stoele en banke misgeloop het nie, sou almal gedink het dat haar oë uit twee glasalbasters bestaan het. Sy waggel kort-kort toonbank toe, tussen die mense deur, met die waardigheid van 'n kroonprinses om die kaarte van nuwe „onderdane" bymekaar te gaan maak. Dan waggel sy terug na haar hoek en dan begin die naamroepery. Eintlik is „roep" nie die regte woord vir die geluid wat sy maak nie. Dis eerder iets soos 'n bevel. Die reaksie van die mense is altyd uitstekend. Absolute gehoorsaamheid. Behalwe dat sy 'n groot faset is, is sy ook 'n groot bate.

> Heel agter sit die vrou wat laaste ingekom het. Suster Angelina bulder: „Miesies J.H. Carr!" Die vrou staan op en stap na die hoek om haar kaart te ontvang

Sommige pasiënte kom net een maal. Hulle gaan daarna liewers dood. Haar naam is suster Angelina. Daar is ander susters ook. Rare verskynsels.

Ek wil eintlik die pasiënte beskryf wat die besondere Donderdagmiddag daar was. Hulle was almal deel van die storie – het die agtergrond uitgemaak vir die draaiboek.

Laat ons ons 'n oomblik voorstel dat daar 'n rolprentopname van die wagsaaltoneel gemaak word en gee my kans om die kamera te hanteer. Ek sal by die buitedeure begin en eers die vetkolle afneem, dan sal ek die kamera op die skurwe hakskene van 'n aankomende pasiënt gooi en dit volg tot waar hy die saal binnegaan.

Ons sien die rye mense en in die verste hoek suster Angelina. Ek stel die lensopening vir die oomblik groter om haar volle corpus in te kry. Hoog teen die mure is die kennisgewings „Rook is verbode" (behalwe vir die dokters en susters). Dan verder „Stilte asseblief!"

en „Moenie teen die mure lê nie." en aangelas in suster Angelina se praghandskrif: „Wag jou beurt af!" Om die hoek „Toilet: Slegs vir Personeel". Dan 'n groot pyl wat gang af wys met die woorde „Toilette vir buitepasiënte".

Nou wys ons 'n paar gesigte. Een is 'n ou oom wat op die punt van die voorste bank sit met sy ken op sy kierie gesteun. Hy is doodtevrede. Kan nie 'n woord hoor wat die mense sê nie – selfs nie wat die 'nursie' sê nie. Hy het net weer van daardie wit pille kom haal om die brand op die blaas te verlig.

„Dis baie goeie pille daardie, ou seun, baie goed, beter as wilde-als, Harmansdrup en Rooi Laventel saam ..."

Langs hom is 'n jong man met lewendige oë en 'n sterk neus en mond. Sy hare is netjies gekam. Hy lyk 'n goeie soort. As hy nou nie sy kleurbaadjie uitgetrek het voordat hy hierheen gekom het nie, sou ons almal geweet het dat hy 'n student is. Nou lei ons dit van sy houding af. Sy vingernaels is stomp afgekou. Senuwees. Hy lyk ongemaklik. Bang. Hy het al 'n duisendmaal 'n eed geneem dat hy nooit weer deur so 'n vrou gevang sal word nie, nooit, nooit weer nie!

Die volgende is 'n middeljarige man met 'n rooi gesig en 'n groot rooi neus. Sy asem ruik na slegte brandewyn. Hy is werkloos. Hy kom dokter toe om weer 'n sertifikaat te kry dat hy nie mag werk nie. Hy haat werk. Skrik eintlik as hy die woord hoor of sien.

Heel agter sit die vrou wat laaste ingekom het. Suster Angelina bulder: „Miesies J.H. Carr!" Die vrou staan op en stap na die hoek om haar kaart te ontvang.

„Waarvoor wil jy die dokter sien?" vra Angelina.

Die vrou weifel 'n oomblik. Suster Angelina kyk haar op en af in 'n poging om haar eie gevolgtrekking te maak. Sy het 'n swart rok aan en die gedeeltes van haar onderklere wat uitsteek, is gehawend. Haar oë is waterig, haar lippe los en oop en gekneus sodat haar bruinswart tande sigbaar is. Aan haar vingers is geen ring nie. 'n Goedkoop basaar-borsspeld hou haar rok voor vas waar 'n knoop moes wees. Haar skoene is vuil en plat. Op haar benerige maermerrie is 'n seer.

„Hmmm ..." begin suster Angelina brom en knik vir die vrou om maar te gaan sit. Sy weet. Sulke mense kom gewoonlik Donderdagmiddae. Mev. Carr het gaan sit. Dit lyk asof sy niks raaksien nie. Die lyne om haar mond is diep ingegroef. Sy voel niks meer nie. Toe sy en Jean kort getroud was, het sy soms sulke mense in sy spreekkamer gesien en dan het sy vir hulle jammer gevoel. Maar dit is lank gelede. Nou weet sy dat so 'n mens geen jammerte nodig het nie. Jy kan net sowel vir 'n bouval jammer voel.

Dit was al oor vier die middag toe haar beurt eindelik kom. Suster Angelina het haar in 'n klein kamertjie ingestuur en gesê sy moet solank uittrek en op die bedbank gaan lê tot die dokter kom.

Na 'n rukkie het „hulle" gekom. Dokter het om die hoek gesit besig met die ander pasiënt en die studente moes haar solank ondersoek.

Dit is wat 'n buitepasiënt moet betaal, maar vir dié wat dit weet is dit 'n duur prys. Die mediese studente kry hul oefening op die buitepasiënte. Daar is gewoonlik agt van hulle wat dan saam met die dokter die pasiënt moet „deurkyk". Toe hulle inkom, het sy dit geweet. Haar man was ook eenmaal 'n dokter. Hy het haar van sy oefenjare vertel en van die grappe en die snaakse gedrogte wat daar opdaag ...

Een van die studente het haar been opgelig en met 'n rooi gomlastiekhamertjie onder die knie gekap. Toe die ander been. Sy het haar oë toegemaak om nie hul smalende glimlagte te sien nie. „Lyk rêrig 'n ou tang, nè, boys," gee die een sy bevinding. Die ander proes en bevestig.

„Ja, sy moet nog net ..."

Sy het gewonder waarom hulle meteens so stil geword het. Sy maak haar oë oop. Dis die „dokter" wat ingekom het.

Dr. De Lange se studente het nooit gepraat as hy inkom nie. Hy was streng en het nie grappe voor pasiënte geduld nie. Boonop was hy ongetroud en het al die preutsheid van 'n oujongkêrel begin toon. Daar het 'n storie rondgegaan dat hy eenmaal getroud was, maar 'n Engelsman sou glo sy vrou afgevry het een aand op 'n dansparty toe hy 'n operasie moes gaan doen.

Sonder om na die pasiënt te kyk, draai hy na die studente wat in 'n oogwink in 'n klomp engeltjies verander het en sê dan:

„Menere, ek moes ongelukkig hoor wat een of twee van julle so pas gesê het. Ek weet nie wie dit is nie en ek wil ook nie weet nie! Ek wil net dit vir julle baie duidelik stel: as julle die tipe dokter is wat mense gesond moet maak, dit beter sal wees as die mense na veeartse gaan. Julle is onwaardig aan julle beroep. Julle is onwaardig om aan 'n mens te vat. Julle behoort ook nie toegelaat te word om aan 'n hond of 'n koei te vat nie. Julle kan gaan vir die middag."

Eers toe hulle almal uit is, draai hy om en sien die vrou. Sy sien hom. Hulle kyk lank na mekaar. Hy strompel tot langs haar en kyk na haar asof dit nie sy is nie. Sy druk haar oë toe. Haar liggaam ruk toe sy praat.

„Ek is jammer, Jean, ek het nie geweet jy is hier 'n dokter nie ..."

RYKIE PRETORIUS

Die verlore diamant

Ek en Kairoe van der Merwe was die twee belangrikste mense op Cecilia. Ek is die prokureur van die kontrei en Kairoe van der Merwe die eienaar van die Blue Diamond Hotel. Hierdie gegewens behoort enige speurder in staat te stel om naastenby aan te dui waar Cecilia geleë is. Cecilia is afgelei van Cecil. Cecil was die naam van 'n ryk man met die van Rhodes wat die oorsaak was van die grootste gat op aarde in Kimberley. In daardie dae was Cecilia nog nie 'n dorp soos nou nie. Dit was slegs 'n poskoetsstasie. Maar die Blue Diamond Hotel was daar.

Rhodes sou glo een nag in die Blue Diamond oornag het saam met Barney Barnato. Toe sou Rhodes vir Barney Barnato gevra het om vir hom net een tiende van sy skatte te wys. Barnato het met 'n breë glimlag opgestaan en 'n dopemmer vol diamante gaan haal. Rhodes het sy vingers deur die blink klippies laat speel en opgemerk dat hulle amper ewe veel besit. Van daardie nag af het die plek die naam Cecilia gekry.

Kairoe van der Merwe het sy naam van sy pa gekry. Kort nadat die hotel in 1886 gebou is, het sy pa glo een middag op die stoep gesit en koffie drink toe hy meteens iets sien blink in die kleipleister van die muur. Die oubaas het sy knipmes uitgehaal en aan die blink ding gaan krap. Dit was 'n "blue white" so groot soos 'n duifeier. Die hele hotel is toe afgebreek en al die klei is deurgesif en Oubaas Kairoe het altesaam 'n handvol diamante ingesamel. Daarmee het hy vir hom 'n praghotel gebou, die nuwe Blue Diamond.

Naderhand, toe motorfietse uitgevind is, het die oubaas vir hom een van die goed gekoop en vir drie maande spoorloos verdwyn uit Cecilia. Toe hy een nag laat die plekkie met sy motorfiets binnejaag, het hy vertel dat hy die wedren van Kaapstad na Kaïro gewen het. Die mense het toe nog nie koerante gelees nie en gevolglik het almal hom geglo. Later het dit egter geblyk dat die oubaas Johannesburg toe was om vir hom 'n vrou te gaan soek, maar dat hy al sy geldjies daar uitgegee het sonder om die vrou terug te bring.

Kairoe Junior se swak punt was ook vroue. Maar hy het beter gevaar as sy vader. Kytie Berlyn was soos die diamant wat pa Kairoe in die kleimuur van sy ou hotel ontdek het. Toe die inwoners van Cecilia een môre wakker word, was sy sommer net daar en van toe af het sy werklik geskitter – in die Blue Diamond.

Kairoe het vertel dat hy haar in Kimberley ontdek het. Hulle is daar getroud geen twee uur nadat hy haar vir die eerste keer gesien het nie. Hul huwelik het wonderbaarlik geblom deur al die jare. Sy was aanhoudend warm en hartlik. Die Marlene Dietrich-soort wat eenvoudig net nie kon oud word nie. Oom Lang Piet Kameel het altyd gesê dat sy soos 'n boom is. Haar ouderdom wys glo nie op die bas nie. Sy het jonk gebly en haar bene ook.

Toe daar nie meer diamante was wat Kairoe aan die gang kon hou nie, was daar nog haar bene. En dit was meer werd as die diamante. Die mense het van Kimberley af gekom om in Kairoe se Blue Diamond te kom drink. Sy hotel was altyd vol. Die bier het gevloei en saam daarmee die geld. Kytie Berlyn het altyd op die toonbank (meestal langs die geldkas) gesit met haar rok opgetrek. Solank haar bene te sien was, het die mense gedrink. Die mans was lief vir haar en het lief gebly vir haar omdat hulle haar nooit kon bykom nie.

En intussen het Kairoe geld gemaak. Hy het sy „goudmyn" goed opgepas. Soms, as dit al laat in die aand was en die meeste mans al effens onskadelik, het sy van haar troon afgeklim, en dan tussen hulle rondgeloop en gesing terwyl Kairoe klavier speel. Héél laaste het die „tafeldans" gevolg. Almal bly gewoonlik daarvoor. Kytie klim dan op een van die tafels en voer 'n „can-can" uit wat die Paryse asters skeef sal laat opkyk. Ek sal eerlik wees. Ek het die dinge self gesien. Dis nogal 'n ervaring om so 'n aand in die Blue Diamond deur te bring. Kytie was lief vir almal en almal vir haar. (Ander vroue natuurlik uitgesluit.) Dit sou 'n nasionale ramp vir Cecilia wees indien sy nie meer daar sou wees nie.

Maar alle goeie dinge kom tot 'n einde. Kairoe het my een Maandagmôre op kantoor kom spreek. Kytie was weg. Niemand het geweet waarheen nie. Sy het net verdwyn. Die ganse Cecilia was op hol. Eers ná twee dae het oom Lang Piet Kameel met die nuus van Kimberley af gekom dat hy Kytie daar gesien het, in die Red Indian Hotel. Sy het glo intussen die vrou geword van Jôllie Martiens, die eienaar van die plek.

Oom Lang Piet Kameel wou sommer dadelik die inwoners van Cecilia mobiliseer om Kimberley in te val en soos in die geval van Helena van Troje hul geliefde Kytie te gaan haal. Kairoe van der Merwe was soos 'n dinamietlont wat gewag het vir 'n vuurhoutjie. Jôllie Martiens het die Saterdagaand nog doodonskuldig met hom gesels in die Blue Diamond en soos dit kollegas van die hotelbedryf betaam, kon die man die heel aand verniet drink soveel as hy wou. En dit is nou die beloning wat hy, Kairoe, vir sy gasvryheid ontvang!

Ek het vir Kairoe gesê dat ons die saak hof toe moes neem. As Jôllie Martiens en Kytie gaan trou het, dan het hulle bigamie gepleeg en dan sou Jôllie tronk toe gaan. Ek het die saak by die polisie aangegee. Dit was 'n groot slag toe die sersant my bel en sê dat Kairoe en Kytie nooit wettig getroud was nie, omdat Kytie getroud was toe sy met Kairoe gaan trou het. Intussen het Kytie se wettige eggenoot doodgegaan en dus was haar huwelik met Jôllie Martiens volkome geldig.

Kairoe was 'n gebroke man. Sy goudmyn was verlore. Sy status het gedaal en Saterdae het die mense na Jôllie Martiens se Red Indian gegaan. Die Blue Diamond se dae was verby.

Ek weet nie waar ek aan die idee gekom het nie, maar ek het sommer een aand, terwyl ek alleen in die Blue Diamond gesit en drink het, die gedagte gekry om Jôllie Martiens se eertydse huwelik te ondersoek.

In Kimberley was sy rekord skoon. Al die mense het ook gesê dat Jôllie nog nooit 'n vrou gehad het nie. Ek het egter vasgestel dat hy net soos sy ryk kollega, Cecil Rhodes, 'n geluksoeker uit die goeie ou Kaap was. Hierdie slag het ek die spyker op die kop geslaan. Jôllie is op 25-jarige leeftyd in Kaapstad getroud met Maria Hermina Fransina Kakamas, 'n welgeskape jonge dogter van De Doorns. Die huwelik was nog steeds geldig en daar was geen rekord dat sy oorlede is nie.

Ek het Kairoe persoonlik gaan spreek. Daar het nuwe lewe in sy oë gekom.

"As jy haar kan terugkry, mnr. Pênshoorn, dan het jy free drinks vir die res van jou lewe!" het Kairoe in ekstase uitgeroep. Kytie was die volgende aand terug. Die verlore dogter van Cecilia is feestelik verwelkom tot in die vroeë oggendure. Die Blue Diamond het weer geglinster. En ek drink nou nog bekers vol bier verniet.

So amper-amper

Die bus na Colbyn, Hatfield en Arcadia vertrek voor die Reserwebank. 'n Mens kan natuurlik om die draai in Kerkstraat ook op die bus klim. Maar teen die tyd dat die bus die draai by die plein gemaak het, is hy vol.

Behalwe op Sondagaande. Dan kan jy maar enige plek by 'n bushalte wag. Jou plek sal jy kry. Ek klim altyd voor die Reserwebank op. Dan gaan sit ek bo. As jy onder gaan sit, moet jy altyd vir die een of ander vroumens opstaan wat te lui is om boontoe te klim.

Dis 'n eienaardige feit dat in ons moderne eeu, waarin die vrou eis om in alle opsigte die man se gelyke te wees, sy nogtans ook eis om haar eertydse voorregte te behou. Met ander woorde, sy wil nie slegs gelyke regte hê nie, maar nog spesiale behandeling ook – omdat sy vrou is. Dit maak die hele ding natuurlik so ongelyk as wat maar kan kom. Dit het so 'n soort voorgeewedren geword. Eers mog die vrou glad nie deelgeneem het nie. Toe het sy dit eindelik reggekry om ook te hardloop, maar daarmee was sy nie tevrede nie! Sy moes toe 'n paar honderd tree voor kry om seker te maak dat sy altyd sal wen. 'n Flagrante skending van fundamentele mansregte.

Hierdie gedagtes het deur my kop gemaal terwyl ek my pad probeer oopstamp het op die sypaadjie onderweg na my bus. In Pretoria sien jy baie meer vroue as mans in die stad. Gedurende die etensuur en smiddae wanneer die besighede sluit, is dit nog erger. Die meeste van die vroue is uitlokkend en lonkend aangetrek en daarom loop hulle asof die sypaadjie aan hulle behoort. En bewaar jou siel as jy teen een van hulle stamp of as een van hulle teen jou stamp. Jy is dan 'n buffel en 'n vark. Daarom loop ek gewoonlik nie op die sypaadjie nie, maar tussen die sypaadjie en die geparkeerde motors, wat 'n moeilike oefening is.

Eindelik was ek darem veilig bo en heel voor in die bus.

Dit was nog net vyftien minute voor ek sou kon afklim en bevry wees van die onheilspellende nabyheid van vrouens.

Ek is al amper dertig jaar op aarde en sommige vroue sal sê ek openbaar die tipiese simptome van 'n weerbarstige oujongkêrel. Ek gee nie om wat die mense sê nie. Ek weet net dat my kollegas wat getroud is, my my toestand beny. Dit is vir my genoeg rede om baie gelukkig te voel oor my ongehude staat.

Ek werk ses dae van die week. Saans maak ek my eie kos in my eie woonstel en as ek lekker dik gevreet is, gaan lê ek op my eie onopgemaakte bed-rusbank met skoene en al en rook 'n groot, stink sigaar terwyl ek luister na "oujongkêrelmusiek". Saterdagaande gaan ek bioskoop toe. Sondae slaap ek laat en gaan kerk toe. Ek het dit tot 'n fyn kuns ontwikkel om so onbeskof moontlik teenoor vroue te wees. Dis 'n wonderlike wapen. 'n Beskerming. My woonstel is nie netjies nie, maar ek kan altyd my pyp of tabak vind as ek wil rook en al my ander goed, want alles lê gewoonlik om my op die vloer en op rakke en tafels.

Toe die bus wegtrek, was daar nog net een plek oop en dit was langs my. Ek het half vies gevoel dat ek so ver voor gaan sit het. Die gevaar was nou baie groot dat die plek deur 'n vrou gevul kan word. My vrees was gou oor in die sin dat dit bewaarheid is. Ek kon haar parfuum ruik lank voor sy haar liggaam langs my op die bankie gedeponeer het. Toe die bus die draai maak, het sy tot teen my aangeskuif. Ek kon haar been teen myne voel.

Dit was 'n verskriklike ervaring! Die afstand tot waar ek moes afklim, het meteens oneindig lank gelyk. Ek sou nie so lank sulke ellende kon verduur nie. Net môre gaan ek vir my 'n ryding aanskaf waarin ek alleen kan ry sonder om vroue se bene teen myne te voel, het ek besluit.

Hierdie gevoel van 'n vrou se been teen myne was plofstof. Lekker maar gevaarlik, eienaardig. Die soort ding wat jou omkrap op 'n manier wat jy nie logies kan ontleed nie. Maar 'n skril, waarskuwende stem skreeu: „Pasop, weedom wag op jou!"

Toe my afklimplek nader kom, het ek opgevlie. Maar sy was voor my en het ook begin aanstap na die trappies agter in die bus. Agter my was ook 'n vrou. Ek kon dus nie vassteek en wag nie. Nog 'n skoot tref my. Net toe die bus stop, kyk ek af na onder waar sy staan. Die wind fladder haar bloes oop en ontbloot heelwat meer as die gleuf tussen haar borste. Ek weet nie waar om te kyk nie en foeter lomp die laaste trappies af toe sy uitklim. Ek voel gekwets en gekwes. Ná 'n ewigheid was ek darem op *terra firma*. Die vroumens wat langs my gesit het, het in dieselfde straat afgestap. Ek het stadig geloop. Toe ek by die woonstelgebou aankom, staan sy wraggies daar en wag vir die hysbak.

Ek het met die trappe opgeklim. Vyf verdiepings. Toe ek op die vyfde vloer aanland, gaan die hysbakdeur voor my oop en stap sy weer net voor my die gang af. Reg in die rigting van my woonstel. Ek het haar fyn dopgehou. Sy het voor die woonstel langs myne gaan staan, 'n sleutel uit haar handtas gehaal, die deur oopgesluit en ingestap. Toe val dit my by dat my buurman die vorige week verhuis het. Hierdie „geparfumeerde entiteit" moes natuurlik oorgeneem het. Dit sou die eerste keer in my lewe wees dat ek 'n vrou as „buurman" het. Dit sou die einde van my verblyf hier beteken. Ek het vreedsaam en ordentlik hier gewoon. Maar dit sou die einde wees.

Die opsigter moes dit geweet het. Dit is 'n skande om my dit aan te doen. Ek het nooit iemand gehinder nie, nooit gekla nie. Ek hou geen honde of katte aan nie en versorg geen blomme of varings nie. Die bediendes maak naweke nooit by my skoon nie!

Ek het die deur agter my hard toegeslaan en gesluit. My tuiste was geskend! Langs my, g'n nege duim van my af nie anderkant die muur, was 'n vrou. Sy sou daar slaap en woon. Bad en uittrek! Vreeslik! Die vyand was in my midde.

Ek het op die balkon gaan sit en rook. Die sigaar het darem nog soos altyd gesmaak. Ek wou net opstaan, toe iemand klop. Dit was sy. Ek het niks gesê nie, nie eens na haar gekyk nie. Dit het haar skynbaar nie van stryk gebring nie, want sy het begin praat.

„Meneer, ek woon net hier langsaan. Ek wonder of u my nie net sal help om my meubels reg te skuif nie? Ek het vandag ingetrek en die mense het al die goed net so in een kamer opgestapel." Waarom ek dit gedoen het, weet ek nie, maar ek het saam met haar geloop.

Sy het heeltemal reg gehad. Alles was op 'n hoop gestapel. Sy het bevele gegee en ek het dit uitgevoer. Die ronde tafeltjie moes in die hoek. Die lang tafeltjie hier amper in die middel. Die rusbank daar so skuins en die stoele almal so in 'n halfsirkel om die kabinet – sy moes 'n geheimsinnige visioen gehad het.

Ek kon nie begryp hoekom die een stoel nou juis nét daar moes staan nie en die ander stoel wat net so lyk, weer nét op 'n ander plek.

Ná die meubels was dit gordyne. Dit was amper middernag voor Haar Majesteit my grasie verleen het. Ek kon maar gaan. Sy het verskoning gemaak dat sy my niks te ete kon aanbied nie, want sy het nog niks gehad nie. Ek was baie dankbaar daaroor. Die verlossing was salig. My yskas was vol heerlike yskoue bier en 'n stuk gaar wors en skaapboud wat my moeder die afgelope naweek gebring het.

Net toe ek wou begin eet, het die gedagte by my posgevat dat die meisiemens ook honger moet wees, want sy het die hele aand ook niks geëet nie. 'n Stryd is in my siel ontketen. Ek het gaan aanklop. Sy het haar nagklere aangehad. Ek het my oë bo teen die plafon vasgemeer en formeel afgekondig dat sy by my iets te ete kon kry as sy honger was. Sy was honger en nadat sy 'n japon aangetrek het, het sy oorgekom na my woonstel toe.

Ek moes gaan sit. Sy het weer oorgeneem. 'n Ete voorberei. Ons moes by die tafel gaan sit. Die kos was nogal lekker. Ek het haar vir die eerste keer raakgesien en besluit dat sy na die uiterlike glad nie sleg toebedeel was nie. Die wyn het rooi gevonkel. Die musiek was ook strelend. Sy het self 'n paar plate uitgesoek en gespeel. Hier teen twee-uur se kant het ek eers in die bed gekom. Dit was 'n groot ramp wat my getref het.

Ek het die volgende môre 'n ander skuilplek gaan soek. Daar was baie leë woonstelle, maar orals was my bure óf 'n vrou óf getroude mense met kinders. Daardie aand het ek in die stad geëet en eers teen nege-uur die aand teruggegaan. Ek het by die agterste ingang inen by die brandtrap opgesluip en die deur saggies agter my toegemaak. Toe ek die lig aanskakel, het dit my soos 'n vuishou getref. Die hele plek was anders. Die skottelgoed was gewas. Die rusbank en bed opgemaak. Van my meubels is verskuif en my boeke was reggepak. Dit was sy. Die vrou langsaan. Op die gramradio was 'n briefie:

„Dankie vir gisteraand. Ek het so 'n bietjie reggemaak hier as beloning vir jou moeite."

'n Volle week het hierna verbygegaan voor ek haar weer gesien het. Ons het tegelyk by die hysbak aangeland en ek moes maar saam opry. Sy het my geïgnoreer. Net naand gesê en niks meer nie.

En so het dit aangehou. Eers was ek baie gelukkig daaroor. Maar toe het dit my begin hinder. Al meer en meer. Later kon ek nie meer nie. Ek het besluit dat ek haar darem moes dankie sê vir die regmaak van my woonstel daardie dag. Toe ek aanklop, het sy kil gevra wat ek wou hê. Ek het verduidelik.

„O, ek sien, Meneer Hoogmoed kan ook dankie sê," het sy gesê. Ek het ongemaklik gevoel. Sy het geglimlag en my binnegenooi om tee te drink. Haar tee was baie lekkerder as dié wat ek altyd gemaak het.

Die volgende aand het ek by haar geëet. Dit was vir jou 'n ete! Alles so fyntjies en netjies en twee kerse wat tussen blomme gedryf het op die tafel – ek bedoel in 'n kom op die tafel.

Ek moes haar gasvryheid terugbetaal en ek is met haar bioskoop toe. Daarop het sy weer 'n ete reggehad en ek weer fliek en sy weer 'n ete. Toe het ek 'n motor gekoop en sy het saam werk toe gery en soms het ons saam uitgery na Hennopsrivier. Daar het ek haar een middag laat, toe dit begin skemer word, gesoen. Dit was so lekker dat ek aangehou het en dit daarna elke aand gedoen het en haar letterlik en figuurlik ontdek het. Ek het myself verwyt dat ek myself vir soveel jare beroof het van die genot van 'n vrou se behoefte om warmte en vreugde te gee.

Ek weet nie hoe lank dinge so aangehou het nie, maar dit was al 'n hele paar maande daarna toe sy verplaas is na Kaapstad. Ek het dit baie gou agtergekom. Eers gereken ek sou weer vry wees – maar ek was nie. Dit was bitter swaar om my eie aandete te maak en dit was nie lekker om alleen bioskoop toe te gaan nie en my woonstel was binne twee dae ontsettend slordig.

Ag nou ja, ek het die stryd verloor. Ek het haar adres by haar werkplek gekry en 'n week verlof gevra en afgesit Kaap toe. Twee dae later was ek terug. Ek was stapelgek! Maar ek was vry. Sy was getroud. Ek het nie eens gevra wanneer nie!

RYKIE PRETORIUS

'n Storie van liefde

'n Mens raak aan alles gewoond. Toe ek agt jaar gelede hier in Johannesburg aangeland het, was ek 'n perfekte voorbeeld van die tipe waarna die stadsmense verwys met die woorde: „Hy kom van die plaas!" Ek kom van 'n plaas in die Bosveld. Stamvrugte, moepels, geelappeltjies, suurpruime en maroelas was my stapelvoedsel. Ek kon 'n dopemmer vars melk halfpad uitdrink en het eers in standerd 9 toe my pa my na die hoërskool op Swartruggens gestuur het, 'n paar blinkleerskoene gekry.

Ek het egter nooit gedink dat daar nou juis iets skort met my agtergrond nie. Ek het ook nog nooit gehoor van mense in die Bosveld wat maagswere en ander geestesgebreke het nie. Dit is skynbaar 'n voorreg wat die beskawing van die stad jou bied – 'n soort prys vir die lekker dinge van dié soort lewe. Ek het nooit deel geword van Johannesburg se neonlewe nie. Maar ek het darem aan sommige van die meer elementêre dinge gewoond geraak. Byvoorbeeld die telefoon. In die Bosveld was die telefoon 'n begrip wat jou met agting vervul het. As jy belangrik wou wees, moes jy vir die mense sê jy gaan vandag telefoon toe om met mister Roberts van die Koöperasie op die dorp te praat.

Hier in die stad was dit so anders. Om elke hoek was een en jy skakel net 'n paar nommers en daar praat jy! Dis alles dinge wat ek moes leer toe ek na matriek op die polisiekollege aangeland het. Die eerste jaar of twee nadat ek my opleiding as speurder voltooi het, het ek nog snags gewip soos ek skrik wanneer die telefoon in my kamer gelui het. Maar soos ek gesê het, hieraan het ek ook gewoond geraak. 'n Paar maande gelede het ek so ver gevorder dat geen foon my meer kon wakker kry as ek eers aan die slaap is nie. Die kêrel in die kamer langsaan het nie baie van hierdie gewoonte van my gehou nie. Hy was 'n tipiese stadsmens – senuweelyer. Die soort wat mal word as 'n kriek buite die venster aanhou kriek! In elk geval, hy is gereeld deur my foon se gelui wakker gemaak en het my dan kom wakker skreeu.

So het dit dan ook laasnag weer gebeur toe my baas my gebel het. Ek het op my horlosie gekyk toe ek half wakker was en gesien dat dit amper twee-uur was. Gelukkig het ek dié soort ding ook al geken – êrens het iets gebeur en ek sou moes gaan ondersoek instel. Toe ek die gehoorbuis optel, het ek ook sommer begin met:

„Waar's die moeilikheid, Kaptein?"

„Allemastig, Dreyer, maar jy slaap darem nes 'n gepensioeneerde ou hoenderhen!"

„Ja, Kaptein, ek is jammer, Kaptein."

„In elk geval, dis die ou storie. Ek verstaan ook nie die saak so mooi nie. Hoofkwartier het net gebel en gesê daar was 'n skietery by 'n huis in Orange Grove. Wag la'k net die papiertjie regkry ... ja hier's dit. Blackwoodstraat 63 – dis hoog teen die berg links van die nagklub. Ek is te moeg om nou te gaan. Die blitspatrollie sal nou daar wees om jou op te laai, dan gaan kyk jy bietjie, hoor, en kom sê maar vroeg in die oggend wat aan die gang is voor die majoor opdaag."

Ja, dit was die ou storie – die skietery, bedoel ek. Die res van die storie was egter nuut, of liewers anders. Snaakse affêre. Eintlik was daar niks wat die polisie kon doen nie.

Ek het vir Gideon Joubert goed geken. Ons vriendskap het in die hof begin. Ek het hom gearresteer. Ná die hofsaak was ek so half-en-half spyt dat ek die een was wat die boeie om sy polse moes toeklap. Hy was net so min 'n misdadiger as die hoof van die polisie. Ek was heeltemal oortuig dat hy 'n beroemde generaal sou wees in 'n oorlog. Omdat daar egter nie 'n oorlog was nie, moes hy toe ongelukkig op so 'n wyse van sy frustrasie ontslae raak dat dit hom in botsing gebring het met die handhawers van die gereg. Maar hy was ook eerlik – soos die keer toe hy 'n vliegtuig gesteel het.

Gideon het in Suidwes 'n ryk boer se vliegtuig gesteel en êrens ten noorde van Oranjemund op die strand gaan land. Binne 'n paar dae het hy 'n tabaksak vol diamante gehad en die boer se vliegtuig teruggevat. Hy het soos 'n wafferse held uit die vliegtuig geklim en homself aan die boer voorgestel as kaptein Sprong van die Kimberleyse polisie. Hy het eenvoudig aangeneem dat die boer die saak by die polisie sou rapporteer en dat hulle sou ondersoek instel. Gideon het nooit 'n fout gemaak in sy opvatting van hoe mense in gegewe omstandighede reageer nie. Die boer was maar te dankbaar om sy vliegtuig terug te hê en het Gideon tot op die naaste stasietjie gevat en hom uitgenooi om eendag op sy plaas te kom jag.

Ons het wel van die geval gehoor en het gewonder wie die man kan wees wat 'n vliegtuig vir 'n dag of twee sou steel en dan weer die ding sou teruggee. Daar was egter niks wat ons juis kon doen nie of liewer wou doen nie, want die gesteelde ding was veilig terug by sy baas en die baas wou geen klagte indien nie.

Drie weke later het ek opdrag gekry om dadelik na die besigheidsplek van „Frederik Linderhoring en Kie., Diamantslypers" te gaan.

Mnr. Linderhoring sou glo gebel en gesê het dat daar 'n kêrel by hom is wat aan hom 'n tabaksak vol glasstukke wou verkoop onder die voorwendsel dat dit diamante is.

Toe ek die kantoor instap, het Gideon vir Linderhoring voor aan die bors beetgehad en hom geskud dat die spoeg by sy vet mondhoeke uitgereën het. Hy het sy vuis onder die diamantbaas se rooi neus gedruk en stadig aan hom gesê:

„Linderhoring, ons doen al lank besigheid. Ons het ons eie wette – jy weet dit en jy weet ook dat dit diamante is. Gee dit terug of ..."

„Kan ek hoor wat die probleem is, Menere?" het ek Gideon in die rede geval. Hy het dadelik geweet dat hy vas was.

Linderhoring het meteens ontpop tot 'n man. „Hier is die skurk, Meneer. Hy's 'n gevaarlike man. Wil my bedrieg met glasstukke; probeer my wysmaak dat hy die goed self uitgehaal het in die woestyn, met 'n vliegtuig – verbeel jou, Meneer!"

Alles was vir my duidelik. Linderhoring het sy dinge hierdie keer goed beplan. Hy het eenvoudig vertel dat hy die „glasstukke" in suur getoets het en dat dit opgelos het. Niemand kon bewys dat dit nie so is nie. Ek was egter oortuig dat hy Gideon besteel het, maar geen magistraat sou Gideon se getuienis verkies het bo Linderhoring se storie nie. Gideon is aangekla van poging tot verkoop van ongeslypte diamante en/of bedrog. Hy is skuldig bevind en moes ses maande tronk toe.

Presies ses maande later het Linderhoring weer 'n klagte kom indien. Hierdie slag het iemand hom aangerand. 'n Gemaskerde man het hom in sy huis vasgemaak en hom 'n deeglike pak slae met 'n sambok gegee. Ek het self sy sitvlak gesien – dit was 'n besondere stukkie werk. Die saak is in my hande gelaat en daar het natuurlik niks van gekom nie. Ons speurders het baiemaal 'n groter sin vir geregtigheid as ons howe.

Vir 'n tyd lank het dit goed gegaan. Gideon was met vakansie in Kaapstad. Toe my baas my die oggend die storie vertel, het ek geweet dat hy terug was. Volgens die bestuurder van een van die stad se grootste klerewinkels het 'n man, netjies uitgevat in 'n blou pak, hom 'n paar dae vantevore op kantoor kom spreek. Hy het homself voorgestel as die voorsitter van 'n bekende welsynsorganisasie en sonder om enige teenpratery te verwag, die bestuurder opdrag gegee om 80 broeke, hemde en truie en 'n spul ander goedere by sekere adresse in Fordsburg af te lewer. Die welsynsorganisasie sou betaal. Die goed is afgelewer. Die mense het dit aanvaar toe hulle hoor dit kom van die welsynsorganisasie. Maar toe die regte voorsitter van die ding hoor, was die gort gaar. Die mense het egter alreeds die klere aangehad en die organisasie het toe maar betaal. Die saak was opgelos. Ek het geweet wie agter die ding sit, maar ek het nie gedink dat ek my plig versuim deur niks daaraan te doen nie.

Gideon het vir homself nooit baie oorgehou van sy „verdienstes" nie. Miskien was dit 'n skuldgevoel. Ek weet nie. Soms het ek minderwaardig gevoel in sy teenwoordigheid. Hy het besonder belang gestel in die internasionale politiek en kon vir jou presies vertel waar die groot figure uit die geskiedenis foute gemaak het. Goeters waarvan ek nooit geweet het nie, was vir Gideon algemene kennis.

Hy het in Fordsburg 'n kamer gehuur. Maar die mense daar het ook nie veel van hom geweet nie, hoewel almal darem geweet het waar die armste mense dikwels die pakkies vandaan gekry het.

Ek was vanoggend vir die eerste keer by sy kamer. Hy het 'n groot klomp pakke klere gehad en 'n reuseversameling plate, klassieke musiek. Die vrou by wie hy die kamer gehuur het, het vertel dat hy soms ure alleen gelê en geluister het na die snaakse musiek wat vir haar so eentonig geklink het.

Maar dit is nou nie juis dinge wat in die polisieverslag kan verskyn nie. Die polisieverslag moet net die feite van die voorval wat gisteraand gebeur het, weergee. Ek het dit stukkie vir stukkie uit die meisie uitgetrek totdat sy later self begin vertel het.

Sy het Gideon een aand op 'n onthaal wat haar ouers vir hoë gaste gegee het, ontmoet. Hy het glo net soos die ander gaste daar opgedaag, netjies uitgevat in 'n aandpak en is voorgestel as mnr. André Hertza. Hy het vertel dat hy 'n argitek was. Niemand twyfel ooit daaraan dat al die gaste werklik uitgenooi is nie. Haar pa se sekretaresse stuur eenvoudig uitnodigings aan al die belangrikste mense en huisvriende en daar is dikwels mense wat hulle nie juis goed ken nie. Iets in Gideon het haar aangetrek. Hy was nie soos die ander nie en kon intelligent gesels oor enigiets.

Hy het later die aand opgemerk dat hul huis besonder goed pas by die bergagtergrond en lank uitgewei oor die argitektoniese aspekte van die gebou. Sy het aangebied om hom die plek te wys. Hy het beloof om weer van hom te laat hoor, maar etlike dae het verbygegaan sonder dat hy gebel het.

Sy het hom probeer vergeet, maar kon nie – daar was iets magneties in hom, iets wat haar na hom aangetrek het, wat sy nie kon afskud nie. Dit kon sy stem gewees het of sy hande – dalk ook sy oë. Sy het besluit om hom te bel, maar daar was nie so 'n van in die foonboek soos Hertza nie.

En toe het sy die nag wakker geword en die skaduwee van 'n man in haar kamer gewaar. Hy het gebukkend gestaan voor haar klerekas waar haar juwele gebêre was. Sy het die lig aangeskakel en hy het vinnig omgedraai ... daar was 'n masker oor sy oë en mond en sy hoed was laag oor sy kop getrek. Hy het 'n diamantborspeld in sy hand vasgehou.

„Ek het na sy vingers gekyk. Hulle was lank en mooi gevorm soos 'n kunstenaar s'n en toe het ek geweet dit was hy, André Hertza, die argitek vir wie ek die huis gewys het. Ek was niks bang nie. Hy het eerste gepraat. Gedink ek het hom nie herken nie: ‚Juffrou, lê nou doodstil waar jy is. Ek sal jou geen kwaad doen nie – net 'n paar van jou oorbodigste goedjies help verwyder.'

„Ek het niks teruggesê nie. Gewag dat hy moes klaarkry. Hy het 'n paar ringe, oorbelle en 'n string pêrels in 'n kous gegooi en dit in sy binnesak laat ingly en toe reg voor my bed kom staan en my op en af bekyk. Ek het effens benoud begin raak. Toe het hy weer gepraat: ‚Jy weet, Juffrou, dis jammer dat ons twee soveel verskil, baie jammer. Jy 'n miljoenêr se dogter en ek 'n dief. Ek hou van jou. Goeienag.'

„Ek wou nog wegruk, maar hy het my styf vasgevat tussen sy hande en gesoen. Toe hy wegstap, was ek heeltemal seker dat dit hy was."

Ek het na die meisie voor my gekyk en gesien dat sy haar storie gou wou klaar vertel. Ek het haar nie in die rede geval nie. Sy het voortgegaan: „'n Paar dae later het hy my gebel en gevra waarom ek nie die saak by die polisie aangee nie.

„ ,Is dit nodig?' het ek gevra.

„ ,Dis jou plig!' was sy antwoord.

„ ,En wat was jou plig?' het ek teruggevra. Hy het 'n rukkie getalm en toe gesê dat hy geen gunste van ons verrykte Fariseërs wou hê nie. Hy het die goed gesteel en ons het die hele polisiemag om dit terug te probeer kry. 'Dis 'n gelyke geveg,' het hy vertel, 'ek het die kans gevat en word ek gevang, sal ek my straf kry. Gaan voort, sê vir die polisie, ek sal jou my adres ook gee ...'

„Ek kon dit nie begryp nie. 'n Dief maak nie so nie. Hy het nog aangehou praat, maar ek het die foon neergeplak en in my kamer gaan huil, ek weet nie waarom nie. Hy was heeltemal anders as enige man wat ek ooit ontmoet het. Uitdagend. Beslissend. Die tipe man met wie 'n vrou op 'n skip om die wêreld sal wil ry ..."

Haar moeder het by die deur ingekom en my aangekyk soos iets wat nie goed ruik nie. Ek het opgestaan en reggemaak om te loop en toe vir haar gesê:

„Ek is jammer, Juffrou ... ek het u nie gevra om alles vir my te vertel nie, en wou eintlik net 'n paar vrae kom stel. As ek dit nie doen nie, sal 'n ander een dit kom doen, ons móét dit doen.

„Aneleh, dis nou genoeg," het haar moeder gesê. „As hulle nog goed wil weet, kan hulle later kom – jy moet nou eers rus. Ek is buitendien sat vir hierdie polisie wat geen respek vir 'n mens se regte het nie!"

Ek het nie 'n woord teruggesê nie, maar deur se kant toe gestaan.

„Nee, Moeder, dit is nie so nie. Ekskuus, Meneer, ek verstaan. Is daar nog vrae wat ek moet beantwoord?"

„Wel, Juffrou, daar is nie juis vrae nie – ek wou maar net u weergawe van die gebeure te hore kom. U het absoluut niks verkeerds gedoen nie. Daar is geen rede om oor enigiets bekommerd te wees nie. Ek bedoel ..."

„U bedoel, ek is die klaagster in die saak en hy was die dief, die skurk. Nee, Meneer, hy was dit nooit ..."

Ek het weer stilgebly. Dit was die enigste manier om die res van die storie te hoor.

„Gideon was 'n man," het sy aangegaan. „Hy het my juwele teruggebring – almal. En ek het hom baie jammer gekry. Hy het gesê dat hy nie so kon steel nie, nie as die mense nie terug wou veg nie. Dan lyk dit te lafhartig. En toe het ek vir hom gevra of dit al rede was waarom hy die goed teruggebring het.

„ ,Ek begryp nie mooi nie,' was sy antwoord. Ek het driftig vir hom gesê dat as dit die enigste rede was waarom hy my juwele teruggebring het dan kan hy dit maar hou. Toe sê hy nee. Dit was sy manier om my weer te sien. Hy moet nou gaan. Hy sal terugkom op sy manier en tyd. Toe vat hy my in sy arms. Dit was hemels ... Gisteraand was ek en my ouers na die opera. Toe ons terugkom, het drie gemaskerde mans ons in die voorportaal ingewag. Een van hulle het my en Moeder vasgebind en die ander twee het vir Pappa die trap op gedwing om geld en juwele te gaan haal. Ek weet nie hoe dit gekom het nie, maar Gideon het sommer uit die niet verskyn. Ons was in die middel van die sitkamer en hy moes 'n paar tree kruip om naby genoeg aan die man wat ons vasgebind het te kom.

„Moeder het ongelukkig gegil. Gideon het gespring. Die gestoei was gou oor. Gideon het hom uitgeslaan, maar die ander twee mans het die lawaai gehoor en afgestorm. Toe die eerste een bo kom, het Gideon geskiet en hom getref. Die ander een het geskreeu as

Gideon nie oorgee nie, sou hy vir Pappa skiet. Gideon het sy rewolwer op die vloer gegooi. Die man het vir Pappa gelos met sy rewolwer al die tyd op Gideon gerig.

„Gideon het na hom geduik en 'n skoot het geknal. Hulle het met mekaar geworstel en na 'n rukkie het Gideon opgestaan. Hy was rooi van die bloed en het in 'n stoel neergesak. Pappa het 'n ambulans gebel. Ek het langs hom gekniel. Hy het sy hande deur my hare gestryk. Hy het diep in my oë gekyk. 'n Paar keer geruk. Toe sê hy skertsend: ‚Ek het die regte tyd gekies …' En toe is hy dood.

„Is daar nog vrae, Meneer?"

„Nee, Juffrou, dis alles baie duidelik nou. Ek dink ek verstaan alles nou baie mooi. Dit is nie 'n storie vir die polisie nie. Dit is 'n storie van liefde."

Swaartekrag

Anton Doshdalev het sy bestaan gemaak deur teen 'n lang paal op te klouter en daar bo-op allerhande manewales uit te haal. Hierdie soort van ding kry 'n mens by mallemeules en groot tentoonstellings. Daar is ook gewoonlik allerhande pynigingsvaartuie op so 'n plek. Party smyt jou heen en weer, onderstebo, agterstevoor en al in die rondte. Ander stamp jou weer pimpel en pers. Maar die mense betaal.

So teen die einde van die aand kom die man wat die paal gaan uitklouter dan gewoonlik op die toneel. Anton Doshdalev was so 'n man.

Maar hy was nie soos gewone paalklimmers nie. Om twee redes: die paal wat hy bestyg het, was 250 voet hoog; en hy het 'n vroumens by hom gehad wat ook daar bo rond dinge aangevang het. Haar naam was Brigetta.

Sy was egter nie net daar om kleur of 'n bietjie andersheid aan die aksie te verleen nie. Sy moes op 'n sekere hoogte teen die paal vir Anton help om die ewewig van die besigheid te bewaar wanneer hy heel bo op sy een arm staan.

Ek het hom drie maal sy vertoning sien doen. Miskien moes ek nie die laaste keer gaan kyk het nie.

Anton was 'n kunstenaar. Akrobatiese kunstenaars het vreemde bygelowe. In Anton se geval twyfel ek egter of dit bygeloof was.

Hulle het in Tivoli opgetree. Tivoli is 'n snaakse plek. Dit is 'n groot vermaaklikheidspark in Stockholm. Jy kan alles daar sien en doen. Ek het gehoor van die kêrel wat die hoogste paal in die wêreld daar beklim en ek het gaan kyk. Dit was 'n ondervinding.

Anton was gebou vir sy werk. Taai en gespierd, met swart hare. Brigetta was blond. Sy het eintlik nie daar gepas nie omdat sy so vroulik voorgekom het. Hulle het saam tot so halfpad teen die paal opgeklim en sy het 'n paar dinge gedoen. Dan het Anton opgeklim tot bo. Ek het hulle deur 'n verkyker dopgehou. Sy het sowat dertig voet onder hom, net waar die paal 'n laaste vernouing het, gehang. Sy het stip na hom gekyk. Anton se broekspype het soos skeepsvlaggies in die wind gewapper.

Ek kon sien hoe hy eers sy spiere oefen. Heel bo was 'n ring. Dit was doodstil onder op die grond.

Eers het hy deur die ring geklim, hom opgetrek en toe, met sy hande gesteun op die ring, penregop met sy bene in die lug gestaan. Die paal het heen en weer begin beweeg. Almal het hom dopgehou. Ek kon sien dat Brigetta heen en weer swaai in die teenoorgestelde rigting as wat die paal beweeg om die ewewig te bewaar. En toe kom die groot ding.

Slegs op sy een arm op die rand van die ring staan hy kop onderstebo! Die paal swaai al verder en verder na regs en links. 'n Mislike gevoel kriewel in jou maag. Dit voel of dit eeue duur. Elke oomblik sien jy die man val. Jy wonder hoe dit gaan lyk. Maar hy het nie geval nie. Hulle het die paal tot rus gebring en begin afklim.

En toe het sy geval. Sommer net geval. Ek kon die slag hoor voordat die mense gegil en geskreeu het. Sy was dood. Ek het soos 'n Romein gevoel. Een wat 1900 jaar gelede sy naweekvermaak in die Colosseum gaan soek het.

Anton het van die toneel verdwyn. Hy kon niks doen sonder haar nie. Sy was sy ewewig. Hulle het jare saam geoefen om die harmonie te verkry. Daarom was ek so verbaas toe ek een aand in die koerant sien dat hy weer in Tivoli optree. Hierdie slag alleen.

Ek het gaan kyk. Ek kon dit nie glo nie. Dit was presies soos altyd, soos toe Brigetta nog daar was. Hy het na iets onder hom gestaar wat ek nie kon sien nie. Ek kon sy lippe sien roer asof hy praat met iemand daar naby hom. Hy het geglimlag net voor hy begin. Die paal het begin swaai. Hy het stadig op sy arms, met sy bene omhoog, orent gekom. Toe moes ek glo dat Brigetta nog daar was. Hy kon dit nie alleen doen nie. Ek was bereid om dit wetenskaplik te bewys. Dit is onmoontlik om met die gewig van sy liggaam, 250 voet bo die aarde, 'n paal heen en weer te laat swaai en vanself tot stilstand te bring. Jy het 'n teenwig nodig.

Toe hy klaar was, het hy eers die entjie tot waar sy gewoonlik agtergebly het, afgeklim, 'n oomblik vertoef en toe ondertoe afgeklouter. Ek het die bestuurder van die plek geken en met hom gaan gesels oor Anton.

Hy het my vermoede bevestig, maar dit weggelag. Anton het geglo dat Brigetta elke aand terugkom om hom te help. Niemand anders kon dit doen nie. Niemand anders sou kon weet presies op watter oomblik die paal se uitswaai gekeer moes word nie. Dit was 'n kwessie van gevoel. Jy kan dit nie leer nie. Ek het weer gaan kyk. 'n Paar weke later. Dit was die derde keer.

Ek wou graag so na as moontlik aan die paal staan om goed te kon sien. Die bestuurder het gesê ek kon agterom loop en langs die kleedkamer gaan plek inneem. Anton was besig om aan te trek. Daar was 'n vrou by hom. Hulle het gesels. Ek kon hoor dat hy ontsteld was. Hy het vir die vrou gesê:

„Asseblief, Linda, jy moet nou gaan. Jy moet my belowe dat jy nie sal kyk nie, jy mag nie kyk nie …" Sy het hom in die rede geval.

„Maar Anton, jy sê dit nou al maande lank. Ek wil dit net een maal sien, asseblief net een maal. Al die mense kan dit sien, net ek mag nie. Waarom dan?"

Anton slaan met sy vuis op die tafel. Hy antwoord:

„Jy sal dit nie begryp nie. Jy sal vir my lag net soos die bestuurder vir my gelag het toe ek hom gevra het om jou nie hier toe te laat nie. Niemand sal dit verstaan of glo nie. Maar ek weet dit, ek wat dit moet doen, vir my is dit werklik, vir julle is dit bygeloof. Asseblief Linda, gaan nou en moenie kyk nie. Glo my net vanaand nog. Ek sal later verduidelik. Nou moet jy gaan ..."

Sy laaste woorde was 'n pleidooi. Sy het sonder om 'n woord verder te sê, uitgeloop. 'n Rukkie later het Anton verskyn. Dit het goed gegaan. Hy het eers halfpad teen die paal 'n paar toertjies uitgehaal en toe hoër geklim. Hy het vir my eienaardig lank in die ring gesit. Die wind het nie te sterk gelyk nie. Dit was 'n mooi aand. Nie koud nie. Ek het die verkyker op hom gerig. Sy gesig was papnat van die sweet. Hy het heeltemal onseker gelyk. Hy het oral om hom rondgekyk.

Sy eerste toertjie was lomp en stadig. Iets was êrens verkeerd. Die bestuurder het dit ook agtergekom. Hy het na my toe geloop en stip na Anton gekyk. Hy het hees gefluister:

„Die bygelowige gek! Ek sal hom moet stop!"

„Wat bedoel jy?" vra ek.

„Jy weet mos van die ding waaroor ons anderdag gepraat het. Hy glo mos nou nog dat Brigetta hom help."

„Miskien is sy nie daar vanaand nie," sê ek.

„Moenie jy ook nog begin nie! Dis bloot 'n sielkundige ding, 'n bygeloof. Hy glo dat sy hom net sal help solank hy nie verlief raak op 'n ander vroumens nie. Die ergste van alles is dat hy so half-en-half bevriend geraak het met 'n meisie en haar toe belet het om te kom kyk uit vrees dat Brigetta sal verdwyn. Hy het selfs vir my kom vra om die meisie die plek te belet."

Anton het vooroor begin buk. Eers die handstand op albei arms. Sy bene wou nie orent kom nie. Die mense het begin wegkyk. Die paal het begin swaai as gevolg van sy bewegings. Eindelik staan hy. Die paal swaai onkeerbaar. Verder as ooit tevore. Dit is asof die teenwig nie meer daar is nie. Sy bolyf knak effens. Dan los hy met sy een hand. Die paal het hom soos 'n stuk klei uit 'n kleilat weggeskiet. Ek het omgedraai en weggeloop. Om die hoek van die kamertjie het ek vasgeloop in 'n vroumens. Dit was Linda. Sy wou sien hoe hy op die paal staan ...